小学館文庫

人間の絆

ソウルメイトをさがして

江原啓之

小学館

人間の絆

ソウルメイトをさがして

文庫化にあたって
「運命を自分の手で拓くために」

私が代表を務める一般財団法人日本スピリチュアリズム協会の前身である、スピリチュアリズム研究所を発足したのが一九八九年。ちょうど昭和から平成元年に時代が移行した年の三月三十一日でした。あれから三十年。

三十周年の節目を迎えた今、「人間の絆」が文庫化される幸いを嚙み締めております。

しかし、「霊的真理の泉で口を漱《すす》ぐ者はいても、飲むものはいない」という霊界通信の言葉がありますが、残念ながら私の名前が世間に広く知られても、私が真に伝えたい、幸せに生きるための法則などは、なかなか深く伝わっていないように感じられる時もあります。もちろん今でも講演会などに出かけますと、全国どこでも沢山の方がご来場くださり、熱心に耳を傾けてご自身の人生に活かそうとなさってくださいます。また救われたと仰ってくださる方もいます。

その一方で、私の努力不足なのかもしれませんが、そもそも私が伝えるスピリチュアリズムは、すべての責任の主体は自分であり、依存だけの安易な魔法はないと伝えているにもかかわらず、「〇〇に祈願したら幸せになる」などといった依存心に満ちた間違いが、いまだ持て囃《はや》されていることが残念でなりません。

「棚ぼたのような徳も、災いのような不幸も、必要以上の良いことも悪いことも、起きない理由が必ずある」というのが霊的真理の鉄則です。すべての出来事の責任主体は、あなたなのです。

人間関係も、「類は友を呼ぶ」という「波長の法則」が引き寄せるもので、善き人間関係を得たければ自分が変わる必要があります。自らまいた種は自らが刈り取るという「カルマの法則」（因果の法則）を知ることで、人生に善きことを望むのであれば人を幸せにすることなどによって、いかようにも道を拓くことができると霊界より教えられています。だからこそ人生で、理不尽な苦しみではなく、本当の喜びが得られるのです。

日々努力をしている者よりも、利得を祈った者のほうが幸せになるなどの理不尽があったら、二〇一七年の新語・流行語大賞ではありませんが、誰もが「忖度《そんたく》」が大好きなのでしょう。みなさんが思う神様が「忖度」しているなど、ゾッとする話です。

私は近年、「運命を開く」の「開く」を、「拓く」と表記しています。そうです。運命は自動的に開かれることはなく、自身の手で拓くからなのです。

水戸黄門様はいない

しかし、日本人は忖度が好きです。日本人は水戸黄門が大好きです。その根底にあるのは、人は「自己憐憫《れんびん》・責任転嫁・依存心」が大好きだということです。

気の毒な人がいて、悪代官がいる。そこに水戸黄門様が現われ、八時四十五分に印籠を出して成敗してくれる。何と依存心が満たされる悦楽の時間でしょう。自己憐憫、責任転嫁、依存心が満たされて、日頃のストレスを解消しスッキリと床につけます。

しかし、現実には水戸黄門様のようなヒーロはいませんし、勧善懲悪の内容も現実にはなかなかありません。その非現実を現実と錯綜すると妄想を抱き、いつも心のどこかで依存心が増幅し、自律心を奪い、たましいが病んでしまいます。

昨今のおかしなスピリチュアルも、実はこの水戸黄門現象です。「自己憐憫・責任転嫁・依存心」を助長して、怠惰な人生を満たしてくれます。神を擬人化して「神様は必死で助けようとしてくれていた」など、なんと涙が溢れそうな美談でしょう。けれども視点を変えたら随分と下世話な神様です。神様なのに助けられなかった人がいたわけで、神様はまるでウルトラマンのように、時に負けることがあるようです。なんと力のない下世話な神様でしょう。

私がつねに「人生は旅と同様です」と伝えるように、私たちは霊的世界から生まれ人生を旅する旅人であり、人生の旅の名所は「経験と感動」。心が感じ動くことと「喜怒哀楽」がすべてであり、そのすべての意味を知ることで、人の気持ちがわかる愛の人になるための、人生とは学びの道なのです。

喜怒哀楽も大切な学びです。辛き出来事も学びに変えれば、未来には同じ過ちを繰り返さない成長が待っています。喜びを知ることもまた、他者と喜びを共有できる思いやりを育めます。人生に無駄はありません。

そして最後には故郷に帰ります。人は死にません。霊は永遠なのです。その事実を知ればこそ、沢山の経験と感動を得て帰ろうと、人生の旅に貪欲になれるのです。なのに「命を落とした」など、まるで命を落とすことのすべてが悪いように語られることは現世利益がすべてで、死は不幸となり、スピリチュアルな視点がないといえます。そもそも死とは平等です。

大切なのは死に方よりも心のあり方

「現世こそ死後の世界」「霊界は生の世界」であると霊界のたましいは伝えます。

死に方などで自己憐憫になることもないのです。重要なのはたましいのあり方の問題です。たとえどのように無残な死に方でも、死後の世界で問題はありません。

たとえば事故で即死した人は、あまりの急なたましいの移行に、死んだことに気づきにくいだけで、それだけ苦痛がなかったということです。また亡くなった方が霊的真理を認識していたら、すぐに死を理解して、霊界にいる懐かしい人々と和合を果たすでしょう。逆に死んだ人が辛いのは、死人に口なしとは言いますが現世の人々が霊界の存在に気づかず、嘆き悲しんでいる姿を見ても、教えてあげられないことです。

あってはならない死があるとすれば、それは自殺と殺人です。そこには「自己憐憫・責任転嫁・依存心」があるからです。自身の努力を怠り諦め自己憐憫に浸り、責任主体であるのに、誰かのせいにして、思うようにできないと依存する気持ちが、自殺と殺人という過ちを犯してしまうのです。

大切なのは死に方よりも心のあり方なのです。これを霊性、また霊格とも言い、現世では人格と言います。たましいの世界を正しく理解していたら、恐れのない幸せに気づきます。

「インスタ映え」が映しているもの

現世の旅では自由意思が与えられています。ですから神という神界のたましいも守護霊も、旅する現世の霊の経験と感動を重んじて無意味な干渉はしません。

それは修学旅行に出かけた子どもに、いつでもどこでも、世話をすることが過干渉で、子どもの自立に役立たないのと同様に、守護霊や霊界の大霊、神界のたましいは、すべてを把握して、その痛みも苦しみも、たましいの向上を願い見守っているのです。自由意思があるのは人生の醍醐味です。

ですから見放された人など、一人もいません。しかし「神様がしてくれる」など、まさにに忖度ですね。神頼みが好きな人は、みな忖度が好きなのです。世の事柄は自身の心の映し出しなのです。

それを「こっそりと忖度！」できたら、「なんと神様って狡《ずる》い存在なのか」と理性がある人をかえってガッカリさせられます。

神様がそんな下世話な存在ならば、正常な理性がある人であれば、馬鹿馬鹿しいとスピリチュアルな世界を十把一絡げにして一笑に付してしまうことでしょう。しかし、昨今持て囃されるスピリチュアルが、忖度ばかりですから、それが民意霊性の顕《あらわ》れなのです。これでは日本や世界が良くなることはありません。

世相とは映し鏡だとつくづく思います。二〇一七年の新語・流行語大賞に「インスタ映《ば》え」という言葉もありました。そこには自己承認欲求が強く顕れています。また現実離れした虚像を好み、自身のインスタでその幸せを表現し、夢の世界に生きる現実逃避が感じられます。

そして「いいね」を得て、羨ましがられることで悦に入るのも自己憐憫と依存心です。それだけ人生に夢や希望を持つことを怖れる時代なのかもしれません。確かに社会は一億層リンチ時代ともいえます。人生上の間違いがあれば袋叩きにするネットやメディアをみていると、人と直接関わることが恐ろしくなることでしょう。そしてそんな社会が悪いと責任転嫁しても、幸せではありません。

「人生の躓き」の三法則

今回の文庫化にあたり、みなさんに追加してお伝えしたいことがあります。

それは先程も書いた「自己憐憫・責任転嫁・依存心」は不幸になるための法則であり、躓《つまず》きの法則であるということです。

「人生の躓き」の根底には必ずこの「三法則」があります。これまで多くの人の悩みに耳を傾けてきた私がそう断言いたします。その事実をみなさんの心に留めていただきたいと願うのです。それに気づけば、きっと人生を有意義に拓くことができると確信するからです。

近年メディアなどでは、立場の弱い人に配慮して、敢えて根底にある原因を追及しない気遣いをしているようですが、私はそれらを批判ではなく、愛あればこその学びだと考えます。

たとえば詐欺被害にあった人が、メディアにて「儲かるからと騙され、大切なお金を取られた」と「自己憐憫」で語られることがありますが、そのようなニュースを見るたびに「人生に魔法はない」と私は伝えたくなるのです。そこにあるのは安易に信じる「依存心」、悪いのは詐欺犯人であることは当然ですが、責任は主体ですから、引き寄せたのは自分です。騙したい人と安易に儲けたい人が結びついてしまったといえます。

ですから罪を償ってもらうことは大切ですが、「責任転嫁」ばかりではなく自身の責任も受け入れなければ、未来は拓けません。同じことを繰り返す可能性があります。

そこで、今一度この三法則について詳しく説明します。

一、自己憐憫

人生の躓きなどには感情は要りません。理性のみです。いつまでも嘆き悲しむのは感情です。感情は自己を憐れむ発散にはなりますが、正しい解決はできません。しかし、多くの人が感情に走り、理性的な解決を遅らせて泥沼化させます。どのようなときにも、自身の心に自己憐憫がないかと確認してください。

二、責任転嫁

人生の主役は自分。責任は主体ですから、引き寄せたのも自分です。責任転嫁は実は人生の主人公を他者に代えているのです。「あの人が悪い」といったところで、何も変わりません。可能なことなら理性で法律に従う道もあるでしょう。それが叶わないことなら、昔の人がよく言ったように授業料として学び、二度と同じ過ちをしないと決定《けつじょう》することです。

人生の主人公は自分であるのに、責任転嫁したら、主人公は相手になってしまいます。相手を責めつつ、自分を脇役にするのは矛盾でもあり悲しいことですし、恥ずかしいことです。自身にも責任があるからこそ主人公です。自己責任も大切にして理性的に対処しましょう。

三、依存心

「人」という字は人と人が支え合っているものではありません。人が立って歩くという姿を表した象形文字から来ています。自立が主なのです。

人と人が助け合うことは悪いことではありません。しかし、人間関係の大切な法則は「相互の関係性」なのです。そして自律・自立した者同士が、必要なときに助け合うものです。依存が主となれば、必ずいつか、そのバランスが保てず、どちらかが倒れるか問題が生じます。

人間関係には相互の自立と自律の関係が大切です。それが「腹六分の関係」といえます。社会に対しても依存しないことです。すべての責任の主体は自分なのです。助けられるときでも必ず「お代は必要」と自覚していれば良いのです。

お代とはお金だけではありません。感謝もまたお代です。何ごとにも代償が必要ということです。それを心得ておけば、いつも誰かに依存してトラブルが起きることはなくなります。そして家族でも友人でも、親しい人ほど腹六分の自律の心構えが大切であり、末永く良い関係が築けるのです。

あなたは、いつも人に頼っていて、それでいて愚痴ばかりで発展のない自己憐憫に陥っていませんか？　人に頼りながら自己責任を放棄して責任転嫁で誰かを悪者にしていませんか？　もしもそうであれば未来は拓けません。

一つ間違えれば「愚痴たれの、我が儘《まま》の、怠惰《たいだ》な人」になってしまいます。これではいけませんね。

私が一番恐ろしいと思うことは、自分のことが見えなくなることです。「人は目の前の梁は気になるが、心の中の梁は気にならない」という言葉がありますが、ときにこの言葉を思い出し、「人間の絆」を何度でも読みなおしてください。本書は必ずあなたの人生に寄り添ってくれるはずです。

江原啓之

二〇一八年二月二十一日

はじめに「人は絆を求めて生まれてくる」

私たちはみな、人との絆のなかで生きています。たくさんの人たちとかかわることで、私たちの毎日はまわっているのです。

あなたとかかわりのある人たちを思い浮かべてみてください。

親。きょうだい。親戚。

友だち。恋人。職場や取引先の人たち。

夫または妻。子どもたち。

近所の人たち。趣味を通じての仲間。

学校や習いごとの先生。よく行くお店の店員さん……。

彼らはあなたに、日々、さまざまな喜びや楽しみを与えていることでしょう。大切なことを教えてくれたり、慰めや励ましをくれることもあるでしょう。そして愛を注いでくれていることと思います。

もっとも、人との関係はいいことばかりではありません。彼らが悲しみや悩みをもたらすこともあるでしょう。けんかもすれば、意地悪したり、されたりすることもあるでしょう。裏切りや屈辱を受けることもあるかもしれません。

そんなとき、「ああ、人とのかかわりってなんて煩わしいんだろう。いっそ一人きりになりたい」と思うこともあるのではないでしょうか。

しかし、そうはできないのが人間です。一人きりで生きていける人はいません。この物質界に生きる以上、誰のお世話にもならないことなど不可能ですし、それ以上に、寂しいから、人は一人になれないのです。

そして、私たちの奥深くにある「たましい」は、もっと大事なことを知っています。人とかかわるということは、実は私たちがこの世に生まれてきた目的であり、生きている意味でもあるということを。

人間の絆。そこには私たちがこの世に存在している本当の理由があり、スピリチュアルな神秘があります。

本書では、さまざまな角度からそれを解き明かしていきたいと思います。

人間の絆 ソウルメイトをさがして　目次

第4章　恋愛と結婚における学び ………………… 133

第5章　家族における学び……163

第7章　今こそ絆を結び直すとき……235

カバーデザイン／前橋隆道
カバー写真／木村直軌

第1章

絆あってこその人生

一、人生の目的は「人とかかわる」こと

人間関係はたましいの「磨き砂」

「あなたが生まれてきた目的は何ですか?」と問えば、特に若い人は、職業上の夢、たとえばミュージシャンやモデルになること、などと答えるでしょう。億万長者を目指す人もいれば、世界一周旅行を夢見る人もいると思います。

しかしたましいの視点で見れば、ミュージシャンや億万長者になることを一番の目的として生まれてきた人はいません。では何が目的なのか。——実は、「人とかかわるために生まれてきた」ということが、全員に共通する土台なのです。

たましいはつねに「絆」を求めています。自分とは違った個性を持つ人たちとかかわり合い、葛藤《かっとう》することによって、自分自身を見つめ直し、成長しようとしているのです。「切磋琢磨《せっさたくま》」という言葉があります。玉や石を切り刻んで磨きをかけるように、仲間同士がお互いの人格を磨き合うということです。私たちのたましい

も、人とのたえざる切磋琢磨のなかで輝きを増し、成長しています。

あなたをとり巻くすべての人たちが、あなたのたましいの「磨き砂」であるということを、より一層意識してすごしてみてください。すると、ときにはつらく思ったり、煩わしく感じたりしていた人間関係に対する見方も、少しずつ前向きなものに変わってくるのではないでしょうか。

孤独も人間関係の一種

ここまで読みながら、「でも世の中には、一人きりで孤独に生きている人もいる。そういう人はどうなるんだろう」と思った人もいるかもしれません。

たしかにこの地球上には、山奥で修行していたり、砂漠などを一人で旅しながら暮らしているような人もいます。この日本にも、自分の部屋に引きこもり、世間とのかかわりを持たずに生きている人は少なくありません。また、ふつうに社会生活を営んではいても、「心はひとりぼっち」という人もいます。

しかし、孤独であることもまた、人間関係の一種なのです。

なぜなら、他人というものが存在しなければ、孤独という概念もないからです。

この世に自分以外の人がはじめから誰もいなければ、一人でいるのは当たり前であり、孤独だとも思わないはずです。「ひとりぼっち」を意識するのは、この世にはたくさんの人がいるのに、誰ともかかわりを持っていないときです。「孤独」を感じるのは、心を開いていないときなのです。

しかしそれはそれで、否定するべきことでもありません。その人は、今は「孤独という人間関係」を味わうことによって、たましいを磨いているのだからです。

この世のすべての事象には「陰」と「陽」の両面があります。自然界にも、昼があれば、夜があります。暑さもあれば、寒さもあります。たましいの成長にも両面からの学びが必要です。

たとえば、男性として生きる学びと、女性として生きる学び。お金持ちとして生きる学びと、貧しさのなかで生きる学び。私たちのたましいは、幾度も転生を重ねるなかでその両方を経験し、生きるということや愛に対する理解を深めています。

人間関係に関する学びにも、多くの人たちとかかわりながら生きる学びもあれば、孤独に生きてこそ得られる学びもある。両方を経験することで、たましいは豊かになっていくのです。

二、「大我の愛」に目覚めるには他人が必要

たましいは浄化向上を目指している

今までの話を、霊的真理に照らしてみましょう。

なぜ人とかかわることが、全員に共通する人生の目的なのでしょうか。

私の著書や講演などを通じて「スピリチュアルな八つの法則」をすでにご存じの方も、次の話をおさらいの意味でお読みいただけたらと思います。


そもそも私たち人間は霊的な存在です。

世の中には、「死んでしまえばなにもかも終わり」と考える人もいるようですが、決してそのような虚《むな》しい存在ではありません。この世に生きていると、今あるこの肉体が自分のすべてだと思いがちですが、その奥底にあるたましいこそが私たちの本質なのです。肉体はこの世を生きるあいだだけまとっている着ぐるみのようなも

のにすぎません。

私たちは死後、生まれる前にもいた、たましいのふるさとに帰ります。そこは、この世のような物質界とは違い、想念がすべてを動かしている非物質界です。俗に「あの世」と呼ばれるその世界で、私たちは永遠のいのちを持っています。

「この世」と「あの世」は、どちらも同じ霊的世界のなかにあります。霊的世界はまさに広大無辺です「あの世」と呼ばれる死後の世界に限ってみても、その様相は決して単純ではなく、波長が異なる無数の階層に分かれています。これらの階層を大まかに四つに分けると、波長の低いほうから順に「幽現界」、「幽界」、「霊界」、「神界」となります。

低いほうの階層は「幽現界」や「幽界」といって、私たちが今いる物質界によく似た世界です。「幽現界」は、この世と重なり合った次元です。その上の「幽界」は、非常にバリエーションに富む様相をもったところです。「幽界」の最下層は、この世の人々が思い描く地獄のようなところですし、上層部のほうは、「ここが天国か」と思うくらい光に満ちたきれいな世界です。その上の「霊界」や「神界」は、さらに崇高な世界です。「幽界」の上層部でさえ天国のようなのですから、「霊界」

や「神界」の美しさは、この世の人間の想像などとうてい及ばないほどでしょう。

このように多様きわまりない霊的世界ですが、そこに存在するすべてのたましいに共通していることがあります。

それは、たえず「浄化向上」を目指しているということ。

みずからの濁った部分、未熟な部分をなくし、きれいに磨いて、少しでも上の階層に進みたいというのが、すべてのたましいに共通する願いなのです。

究極の目標は「神」の境地

あの世に帰ってまもないたましいは、この世とよく似た「幽現界」や「幽界」ですごします。あの世の環境に慣れるためと、この世への未練をなくす時間をすごすためです。

それが済むと、その上の「霊界」に進みます。死後そこまでに要する時間はたましいによって千差万別です。ふつうは数十年ほどといわれていますが、いつまでも「幽現界」にとどまったままの、いわゆる「未浄化霊」もいますし、たましいの高さによっては、死後すぐに「幽界」の上層部や「霊界」に行く場合もあります。

しかしその先の「神界」へはめったに進めません。そこへ進めるほど浄化向上を果たすのはきわめて大変なことなのです。ほとんどの場合、「霊界」から再びこの世に降りて、さらなる浄化向上のため、新しい人生の修行を始めます。いわゆる「再生」です。

この再生を、気の遠くなるような時間をかけて何度も何度もくり返し、もうこの世に生まれる必要がないほど高度に浄化を遂げたたましいは、いよいよ「神界」に進みます。

「神界」の中心にあるもっとも崇高なたましいが、私たちが漠然と「神」と呼ぶ最高最上のエネルギーです。多くの宗教では神を特定の人格として表現していますが、霊的真理においては、神は「愛」そのものであり、「真・善・美」そのものです。霊的世界に存在するすべてのたましいは、この神の境地にいつか到達することを目標に、浄化向上に励んでいます。

すべてのたましいが一体となって向上している

こうした浄化向上の旅路を、私たちは一人ひとり別々に歩んでいるわけではありません。すべてのたましいは、究極的には一つのまとまりなので、いっしょに向上しているのです。「私」、「他人」といった区別は、たましいにはありません。「私」は全体であり、全体が「私」自身です。この「たましいのまとまり」を「類魂《るいこん》＝グループソウル」といいます。

「類魂」は霊的真理のなかでもかなり難しい概念ですが、本書のテーマにかかわる大事なことなので、少し説明しておきましょう。

類魂には広義と狭義があります。広義ではすべてのたましいをいいます。すべてのたましいですから、この世に生きる私たち全員のたましいも、あの世にいるすべての霊魂も、その頂上にいる神のたましいも、みな含まれます。

そうした全体のなかにも、お互いにより近しい、似た者同士の類魂があります。これが狭義の類魂です。

狭義の類魂にも大小さまざまなレベルがあります。一つの学校を広義の類魂にたとえると、そのなかに学年という単位があって、そのなかにクラスという単位があって、さらにそのなかに班というまとまりがあるようなものです。

これ以上分けられないという、もっとも小さな単位の類魂は、それ自体がまるごと「自分自身」と言っていいくらい、ほぼ均質なまとまりです。私たちのたましいは「霊界」に帰ると、まずはその、もっとも狭義の類魂に融合するのです。

それは私たちにとって懐かしい家族のような存在。そこには守護霊もいれば、自分自身のこれまでのすべての過去世のたましいもいます。

あの世が私たちの「たましいのふるさと」なら、この類魂は「たましいの家族」です。あなたは今、「たましいの家族」の代表としてこの世に生まれ、浄化向上のための修行をしているのです。

そんなあなたの人生を、「たましいの家族」はわがこととして見守り、あなたがたとえ気づいていなくても、たえず愛と支援を授けてくれています。あなたの向上が、すなわち類魂の向上だからです。あなたが一つまた一つと学びを重ねるたび、類魂も一体となって浄化向上しています。

神は一番の利己主義者

すべてのたましいは究極的には一つのまとまり（広義の類魂）であるという真理は、この世の感覚では実感しにくいことでしょう。この世にいるあいだは個々に肉体をまとっていますから、私は私、あなたはあなたというふうに別々に考えるのが当然ともいえます。

しかしあの世では、たましいは一体に融合しています。そして、全体で浄化向上することを目指しているのです。

読者のなかに、浄化向上することがすべてのたましいの目的と知って、「よし、ではこの私が誰よりも早く浄化向上してやろう」などと思った人がいたならば、それはいかにもこの世的な発想です。と言うのも、霊的視点に立てば、この世で言う「私」だけの浄化向上はありえないからです。「私」というのはあくまでも全体の一部ですから、「私」の浄化は、ひいては全体の浄化ですし、全体が浄化しなければ「私」の完全なる浄化はありえません。

すべてのたましいが浄化向上を目指しているということは、すべてのたましいの中心である神でさえも、さらなる浄化向上を望んでいるということです。神というと、完璧《かんぺき》で絶対的な存在というイメージを描かれがちですが、神が目指す境地には果てがないのです。

神はみずからを愛し、自分自身をもっともっと浄化向上させるために、私たち一人ひとりのたましいの成長を強く願っています。神が私たちを愛しているのは、自分自身を愛しているから、自分自身が向上したいからなのです。

私はその意味で、「神は一番の利己主義者です」という言い方をよくします。もちろん、この世にあるような物質的な利己主義ではありません。すべてのたましいの真の幸福だけをひたすら願う、精神的かつ霊的な利己主義なのです。

小我がぶつかり合う物質界

先ほど少しふれたように、私たちが今いるこの世も、実は霊的世界の一部です。心霊学では「現界」「現世」などと呼ばれます。ここは、霊的世界全体から見ると、とても波長の低い階層で、あの世の住人からはまるで地獄のように見えるといいます。

ではなぜ私たちは、何度もくり返しくり返し、この世に生まれてくるのでしょう。死んであの世に帰り、「幽現界」から「幽界」、そして「霊界」へと徐々に浄化していったというのに、なぜまたわざわざ波長の低いこの世に生まれてくるのでしょうか。あの世にいたままでは浄化向上できないのでしょうか。

できないことはないのですが、あの世よりもこの世でのほうが、はるかに充実した修行ができるのです。そのため浄化向上も早く進むのです。

なぜ充実した修行ができるかというと、この世に生まれると、たましいは個々の肉体に分かれてこもるからです。このことが、たましいの修行には絶好の条件となります。

個々の肉体に分かれてこもると、まず「自己」と「他者」の区別が生まれます。そして、一体だったときにはわかった相手の気持ちも、別々の肉体に宿るとわからなくなります。喜びや幸せを共有することも、悲しみを分かち合うことも困難になります。

卑近なたとえを用いれば、隣にいる人がおまんじゅうをたらふく食べても、自分のおなかはいっぱいにならないということです。隣にいる人が幸せになっても、それが自分の幸せでもあるとはなかなか思えませんし、それどころか嫉妬《しっと》を感じて足を引っぱりたくなるかもしれません。逆に、隣の人が悩み苦しんでいても、それを自分の悩みや苦しみと同じように受けとめることも、未熟な私たちには難しいこと。この世では、私とあなたは別人だからです。

また、個々の肉体に宿れば一人ひとりに「小我《しょうが》＝エゴ」が生じます。あの世ではわかっていた「すべてのたましいは一体である」という真理をすっかり忘れて、今の肉体にこもった小さな小さな自分だけを「私」と見なし、「私」の利益だけを一番に願う「小我＝エゴ」に陥ってしまうのです。

ましてこの物質界では、食べものも、資源も、社会的地位も、すべて有限です。そのため、限りあるものをめぐって、小我と小我がぶつかっての争いごとが絶えなくなります。その様子が、あの世からは「地獄」さながらに見えるのです。

切磋琢磨によって人間は丸くなる

自己と他者の区別が生まれ、小我に陥るようになると、一人ひとりのたましいのなかにある濁りが露《あら》わになりやすくなります。この濁りは、たましいのなかにもともとあったものですが、あの世という清らかな世界では、表に出ずに済んでいました。

この世でもこれと似たことはよくあります。たとえば自分のなかに意地悪な心があっても、やさしい人たちばかりにかこまれて暮らしていたら、自分のそういう面は出さずに済むものです。しかしいざ意地悪な人たちのなかで暮らし始めると、自分もつい、意地悪な本性を表すようになってしまうもの。

それと同じで、みんなが小我をむき出しにして生きているこの世では、誰しも、みずからが持つたましいの濁りをむき出しにされやすいのです。

たましいの濁りが表に出ると、人間関係は平和ではいられなくなります。ぶつかり合い、葛藤し、ときにはとことん戦うことになります。そうしたなかでも自分の未熟さに気づき、反省し、学びを得ていけたら、その過程でたましいは成長します。そして、他者に対する寛容さを身につけていくのです。

これこそが切磋琢磨です。「性格が丸くなったね」という言い方がありますが、それは、その人が持つ、他人とぶつかりやすい尖《とが》った部分が、他人との切磋琢磨のおかげで丸くなったということです。

こういうことは、物質界だからこそ可能なこと。たましいが一体となっているあの世では、なかなかこうはいきません。

あなたが汚れたタオルを手で洗うときのことを思い出してみてください。汚れを落とすために、タオルの汚れた部分と、別の部分をこすり合わせますよね。同じタオルの別の部分に助けてもらうことで、汚れがうまくとれるわけです。

これと同じで、すべてのたましいは本来は一体なのですが、別の部分に助けてもらうことで、人は磨かれていくのです。

「波長の法則」と「カルマの法則」

たましいが個々の肉体にこもって修行するうえで、大きな役割を果たしている二つの霊的法則があります。「スピリチュアルな八つの法則」のうち、私が「現世二大法則」と呼んでいる「波長の法則」と「カルマの法則」です。

「波長の法則」は、「類は友を呼ぶ」という法則です。自分と同等の波長を持った人や出来事が、自分のまわりに集まってくるという法則です。

この法則はこの世の隅々に働いているため、私たちはつねに自分自身の映し鏡にかこまれて生きていることになります。

たとえば、似た者同士と言われる友だちなどは、まさに自分の映し鏡です。また、自分が反発を覚える人、苦手に思う人も、実は自分の鏡だといえます。彼らのどこかが、自分の内面のどこかしらを必ず映し出しているのです。

ここで自分の苦手な人を思い浮かべ、「どう考えてもあの人と私には共通点などない」と思った人もいるかもしれません。そこで知っておきたいのは、「波長の法則」による映し出しには、鏡と同じように「真映し出し」と「裏映し出し」があるということです。

「真映し出し」は、自分をありのまま映し出したもの。

「裏映し出し」とは、自分を真逆に映し出したもの。人間関係でいえば、いじめれっ子にとってのいじめっ子のように、自分の弱点を突いてくるような人が「裏映し出し」にあたります。両者は正反対のようでいながら、実は相通ずる波長を持ち、引き合っているのです。

面白いもので、人は往々にして、「裏映し出し」の相手だけでなく、「真映し出し」の相手をも苦手に思うものです。自分とはどこも似ていない人に対しては、「まあそういう人もいるよね」などと言って寛容でいられるのですが、自分のいやな面を「真映し出し」にして見せつけてくる相手のことは、どうしても許せないのです。

自分の「鏡」であるとも気づかずに、「許せない」と思う。これが多くの人間関係において、葛藤のもととなります。

もう一つの「カルマの法則」は、「自分が蒔《ま》いた種は自分で刈り取ることになる」という法則です。この法則により、自分が他人にしたことはいつか必ず自分に返ってきます。

たとえば誰かをいじめた人は、そのときは相手の気持ちがなかなかわからないものです。しかし「カルマの法則」が働いて、いつか自分もいじめられる立場になったときに、前に自分がいじめた相手と同じ悲しみを味わい、自分がなにをしたかを思い知らされて反省します。そして二度と人をいじめないような人間に成長していくのです。

「小我の愛」から「大我の愛」へ

こうしたくり返しのなかで私たちのたましいは成長し、「大我《たいが》」に目覚めていきます。

人は肉体にこもると「小我」に陥るという話をすでに書きましたが、「大我」とはその反対語。小我はこの肉体にこもった小さな自分だけを自分自身と見なす心のあり方ですが、大我は、すべてのたましいは一つであるということを理解し、実践している心のあり方です。

「愛」という言葉があります。今の世の中では、この言葉は安易に使われがちですが、霊的視点で見れば、残念ながら「小我の愛」をそう呼んでいることがほとんどです。「小我の愛」とは、わが身かわいさの愛。本当に相手のためを思っているのではなく、「これだけ愛してあげるから、その分、自分を愛してほしい、大事にしてほしい」といった、いわば見返りを求めての愛、打算を含んだ愛です。

本当の愛は「大我の愛」です。見返りを求めない、純粋に相手のことを思ってひたすら与える無償の愛です。

人間は、この世では「小我の愛」に陥りがちです。しかし切磋琢磨のおかげで成長するにつれ、「大我の愛」に目覚めていきます。たましいの濁りが薄れ、磨かれていくとともに、相手のことを自分と同じように愛せる懐《ふところ》の大きなたましいになっていくのです。それは、他人も自分も本来は同じ一つのたましいなのだということを、みずからの奥深い部分で思い出していく過程なのかもしれません。

人は絆を求めてやまない生きもの

ここまでの話のなかで、たましいは個々の肉体にこもるとエゴが生じ、もともとあった濁りが露わになりやすくなる、と書きました。

そこにもう一つ書き加えたいことがあります。それは、人は個にこもることにより、他人を求める、ということです。

一人ひとりが個にこもると、人は寂しくなって他人を求めるのです。あの世において、一体感という大きな安心に包まれていたように、この世でも、その懐かしくてあたたかいつながりを求めずにはいられないのです。

そこで私たちの一生は、他人との絆を求め、あたため合うことのくり返しとなります。

たとえそこに「小我の愛」という間違った愛や、醜い葛藤や別れがあったとしても、人間にとって他人との絆は、なくてはならないものなのです。

三、大我に目覚める五つのステップ

ステップ1「親きょうだい」

この世に生まれた人間は、いったいどのようにして「小我の愛」から「大我の愛」に目覚めていくのでしょうか。

人の一生の流れは、霊的視点で見ると実にうまくできています。親にすべてをゆだねなければ生きていけない赤ん坊時代に始まって、友だち関係、恋愛、仕事、結婚と、人間関係の学びを順々に進めていきながら、大我を広げていくようなプログラムになっているのです。

そのプログラムには、大まかにいって五つのステップがあります。

一つめのステップが「親きょうだい」。自分が生まれ育つ家の家族との関係です。特に親とのかかわりが、人生の重要な第一歩となります。この世に生まれるとき、最初に深いかかわりを持つのが親だからです。

生まれたばかりの赤ん坊は、小我のかたまりのようなものです。まだ自分ではなにもできないのですから当たり前ですが、自分の欲求を一番に優先させ、抱っこやミルクを求めて泣いたり、甘えたり、わがまま放題です。

少し大きくなった子どもも、親やきょうだいに対してはわがままばかり言うものです。親はほとほと手を焼いてしまいますが、これもまた欠かせない通り道です。大人になってからもそのままだと困りますが、わがままが言える時期と場があるということは、人間の成長には必要なのです。そこで人間は「愛の電池」を充電することができるのです。

家族は「愛の電池」を充電する基地

人間が生きていくには愛が必要です。このことについて私はいつも、人間を「愛の電池」にたとえてお話ししています。

肉体の成長に食べものの栄養が必要であるように、心やたましいの成長には、愛という栄養が絶対に欠かせません。人間は愛というエネルギーが充電されて初めて動くことができるのです。

愛が不足しているたましいは、電池の切れかけた機械のように、動きがぎくしゃくし、ついには誤作動を起こしてしまいます。

誤作動はさまざまなかたちで表れます。拒食症や過食症といった摂食障害。借金してでも買いものがやめられないショッピングシンドローム。お酒がやめられないアルコール依存症。麻薬などの薬物中毒。恋愛なしには生きていけない恋愛依存症。片時も仕事のことが頭から離れないワーカホリック。これらはみな「愛の電池」不足による誤作動です。

本当は愛がほしいのです。愛に満たされたい、それだけなのに、「ほしい」「満たされたい」の対象が誤って変換され、別のものを貪《むさぼ》ってしまうのです。どれだけ貪っても、それは本当の愛の代償でしかありませんから、いつまでも満足できません。これはとても苦しいことです。

愛は、一生を通じて欠かすことのできないもの。とりわけ子ども時代にたっぷり愛を注がれて育つことは、きわめて大切なことです。子ども時代に、まわりからじゅうぶんな愛を充電してもらった人は、その後の人生でどんな苦難にあっても堂々と生き抜いていけるといっても過言ではありません。

自分を本当に愛してくれ、子どもらしいわがままも受《う》け容《い》れてくれる家族。その子にとってそこは一番の「心の安全地帯」となります。このたのもしい基地がしっかり存在していると、自信を持って、家族以外の人間関係に歩み出すことができるのです。

ステップ2「友だち」

家族から外に歩み出て、最初に結ぶのが、友だちとの絆です。これが人間関係の第二のステップです。友だちとの関係は、幼い子どものころから、年をとるまで、生涯にわたって私たちの人生を彩ります。

人生で最初の友だちは、近所の遊び友だちや、保育園、幼稚園の友だちということになるでしょう。いくら幼くても、そこにはれっきとした人間関係が生じます。友だちといっしょに遊ぶ楽しさ、いっしょに冒険するスリルは、家族との関係にはない新鮮なものです。

その一方、家族には通じたわがままが、友だちとの関係では貫けないことがわかり、幼いながらに葛藤も覚えます。わが家では常識とされている考え方や習慣が、友だちのそれとは違うことに気づいて戸惑うこともあります。けんかや仲間割れ、いじめで悩むこともあるでしょう。

そうしたままならない関係のなかで、子どもは自分というものを見つめます。さまざまな個性を持った「鏡」にかこまれ、生まれて初めて「自分自身を見つめる」という経験をするのです。

ステップ3「恋愛」

あるていど成長すると、やがて恋愛というものを経験するようになります。これが人間関係のステップ3です。

ステップ2の友だち関係は、基本的には対等といえます。嫌いになったら離れればいいし、合わないと思う子とははじめから友だちにもならないでしょう。

しかし恋愛は違います。「惚《ほ》れた弱み」とよく言うように、自分から相手を好きになった以上、「その人に好かれたい」という思いが先に立ちますから、はじめから対等とはいきません。

友だちとの関係のなかで、子どもは初めて「自分自身を見つめる」という経験をすると書きましたが、恋愛をするようになると、今度は相手に好かれたいという理由で、また「自分自身を見つめる」という作業をします。「自分のどこをどうしたら好きになってもらえるかな」「なぜ今の自分では愛されないのだろう」と、あれこれ悩むのです。

恋愛においては、「相手の気持ちを想像する」ということが、友だちとの関係に比べて格段に増えます。友だちには面と向かって聞けたことでも、好きな人には聞けない場合が多いからです。「どうしたら喜んでもらえるだろう」「このごろ元気ないけど、なにかあったのかな」と、心は揺れ動きます。

想像のなかで、二人の会話やデートの様子をシミュレーションしてみたりもします。恋愛は、感性を磨いていく勉強でもあるのです。

「相手に好かれたい」という気持ちから始まる恋愛は、自分という人間をより高めるチャンスとなります。

ただし、一歩間違えると「媚《こ》びる」という方向に行ってしまうことがあるので要注意です。相手に好かれたい一心で、みずからの誇りまで捨てて相手にへつらい、極端になると「全許容」になってしまう人もいます。そういう恋愛は絶対にうまくいきません。

大事なのは、「媚びる」のではなく「自分を磨く」こと。「媚びる」ほうに行くと、かえって甘く見られ、相手のわがままにふりまわされたり、あげくに裏切られたりしてしまうことになりやすいのです。

ただ、もちろんそれも大切な学びではあるので、一概に否定するわけではありません。そうした失敗を経てこそ、いい恋愛ができるようになっていく人もいるからです。

ステップ4「仕事」

人間関係を学ぶステップ4は「仕事」です。

同じ職場の人や、いっしょに仕事をする取引先の人。彼らとの関係もまた大きな学びをもたらしてくれます。

親きょうだい、友だち、恋愛と、人間関係の学びはだんだん高度になってきましたが、「仕事」というステップ4は、もう上級編といえるでしょう。

なぜなら、仕事における人間関係は、相手を選べないからです。友だちは、気の合う人を選べばいい。恋愛も、好きになった人とするものです。しかし仕事は違います。嫌いだろうが、苦手だろうが、気が合わなかろうが、毎日のように接し、しかも協力し合わなくてはなりません。「あの人は嫌いだから、同じオフィスで働きたくない」などと言っていたら大変なことになります。

「でも、学校のクラスにも嫌いな友だちはいたよ」と思う人がいるかもしれませんが、学校時代は、クラスで一丸となってなにかを成し遂げなければならない場面というのはそれほどないものです。日ごろは気の合う子たちと小グループを作って行動することがほとんどだったでしょう。

職場ではそうはいきません。学校のときのように気の合う人だけで部署を作るわけにはいきません。水と油のようにそりの合わない人ともプロジェクトを組まねばならず、一人でもチームワークを乱す人がいれば、全体の足を引っぱる存在としてたちまち悪評が立ってしまいます。

しかも、仕事上の人間関係から逃れることは、とても難しいものです。友だちや恋人は、嫌いになれば縁を切ることができますし、親きょうだいとの関係から逃れることさえ、ある程度大人になれば自由です。しかし仕事上の人間関係から逃れることは、そのまま職を失うことを意味します。収入がなくなる、つまり生きていけなくなるのです。

もちろん転職という道はありますが、前の職場でうまくいかなかった原因が自分自身にある限り、次の職場でまた同じような相手に会い、同じような問題を抱えることになるのが関の山。転職は安易な逃げ道にはならないのです。

そのこと自体が、霊的視点で見れば、うまくできた仕組みです。人は、自分や家族が生きていくために働かなくてはならない。だから働きに出て、簡単には逃れられない人間関係に身をおくことになる。友だちとしては絶対に選ばないであろう苦手なタイプとも、毎日しかたなく顔をつき合わせなくてはならない。この「しかたなく」というなかで、多くを学ぶことができるのです。

苦手な人も「鏡」、憧れの人も「鏡」

もう一つ忘れてはならないのは、いくら苦手なタイプといっても「波長の法則」によって引かれ合った人たちだということです。彼らのなかに、自分の内面にあるなにかが映し出されているのです。

つまり、ここでもまた、人は「自分自身を見つめる」という作業をするのです。苦手な相手をむやみに避けるよりも、そのかかわりから学べることはなにかを考えるほうが、はるかにたましいは成長します。

ときには「こんなに根性の悪い人がこの世にいたのか」と驚かされるような人に会うかもしれませんが、そういう人との出会いこそ、わが身をかえりみる機会として理性的に受け容れたいもの。なぜなら、どの人も「鏡」だからです。正視したくないような「鏡」をたくさん見せつけられるのは、仕事上の人間関係ならではのことです。相手を選べる友だち関係や恋愛では、見たくない「鏡」とわざわざ親しくなることはないでしょう。

「波長の法則」は、まるで厳しいトレーナーのような存在ですが、厳しい面があるばかりではありません。職場でも、自分自身のなかにあるいい面を発見させてくれるような、すばらしい出会いを運んでくれることがあります。

たとえば、「こんなにやさしい人もこの世にいたのか」「あの人の積極性は見習わなくては」「あの人のようになれるよう、自分も精進しよう」と思えるような人との出会い。そういう人たちの魅力は、実は、自分自身のなかに眠っている宝のような資質でもあるのです。彼らとの出会いは、「あなたのなかにもそういういい面があるよ」ということを、「鏡」のように見せることによって教えてくれているのです。

どんな「鏡」と出会えるのか、楽しみに思うくらいの気持ちで、職場での出会いに臨みたいものです。

ステップ4′「結婚」

ステップ4の人間関係には、仕事のほかにもう一つあります。それは「結婚」です。結婚によって生まれる人間関係のすべてを指すので、結婚相手の家族との関係も含みます。これをステップ4に準ずるという意味で、ステップ4′としましょう。

結婚も仕事と同様、人間関係の上級編を学ぶ場です。

もしかすると、仕事上の人間関係よりもさらに高度な学びとなるかもしれません。そこでの人間関係がつらくてやめたくなったとき、仕事では転職に、結婚では離婚にふみきることになりますが、この二つの場合を比べると、離婚のほうが、転職などよりはるかに多くのエネルギーが要るのです。

また、仕事の成果は、数字というわかりやすい指標で表すことができますが、結婚にはそれがありません。結婚後の家庭で誰がどれだけがんばっているかは、数字では表せないのです。そのため心情論だけになりやすく、夫婦のいさかいや嫁姑問題、親戚同士の争いごとといった、さまざまなトラブルが起きやすいのです。

結婚はとても高度な学びの場です。これまでのステップで学んできた人間の絆の集大成を作り上げる場と言っても過言ではありません。

ここで、結婚による学びを、仕事による学びと同等に扱っているところに注目してください。結婚は、ステップ3の恋愛の進化形ではなく、ステップ4の仕事の変化形、仕事の別バージョンなのです。

「結婚は永久就職」という言い方がありますが、これはある意味で正しくて、結婚とは、家という一つの社会に「就職」することです。結婚にあたっては、就職先を選ぶときと同じ、もしくはそれ以上の慎重さと理性が必要なのです。

夫婦とは一つの社会を作る共同体

ところが世間では、結婚は恋愛の進化形だと、ごくふつうに思われています。恋人たちが目指す憧《あこが》れの「ゴール」が結婚で、その先もバラ色の生活が待っていると。しかしその考えは間違いのもと。恋愛中は相手にいいところだけを見せていられますが、同じことを結婚後も毎日二十四時間続けていたら、誰だって身がもちません。結婚は日常の現実そのものです。いつまでも恋愛気分でいてはうまくいきません。

「恋愛中はやさしくしてくれたのに」「結婚してから変わった」などと相手を責める人は多いようですが、そもそも恋愛と結婚は違うのです。恋愛は感性を磨く学びであり、結婚は忍耐の学び。日常のなかで経験と感動をともに積み上げていく、より地道で建設的な学びです。恋愛結婚をしたカップルは、結婚後、そこを上手に切り替えていかなければなりません。熱烈な恋愛の末にゴールインした二人があっという間に離婚するケースが珍しくないのは、その切り替えがうまくいかなかったからなのです。

世間では、いつまでも恋人同士のような夫婦が理想とされているようです。そのためか、自分の夫や妻のことを「恋愛感情なんてとっくに冷めて、今は友だちのような存在です」とか「うちのダンナはもう空気みたいなものですから」などと自《じ》嘲《ちょう》的にいう人がいます。しかし私はむしろそれが当然だと思います。

夫婦は、社会のなかでともに生きていくための共同体。結婚には恋愛の要素もないわけではありませんが、仕事的・社会的な要素のほうが圧倒的に多いのです。

昔の大家族などはまさにそうでした。家というものが、家長を頂点とする一つの大きな社会だったのです。核家族化が進んでいる今も、一家の主婦は、主人のいわば秘書の役割を果たしていることが多いのではないでしょうか。また、同じ屋根の下に住んでいなくても、双方の親とまったく無縁で生きている夫婦というのはあまりいないでしょう。少なくとも今の日本では、二人の結婚は、つまるところ家と家の結婚なのです。

自分とは育った家が違う夫や妻と日常生活を営む。自分の生家とは違う常識を持った、結婚相手の家族との関係で葛藤する。

ここでまた、人は「自分自身を見つめる」という作業をします。

ステップ5「子育て」

最終段階となるステップ5は「子育て」。わが子との関係です。

ステップ1と同じ親子関係が、最後に再び学びのテーマになるわけですが、ステップ1のときとは立場が逆になります。今度は自分が親の立場になるのです。

私はつねづね、人生にはたましいを大きく成長させてくれる経験が三つあり、親になることはその一つだと考えています。三つとは、親になること、部下を持つこと、独立することです。なぜ大きく成長できるかというと、どれも「ままならない」ことだからです。思いどおりにならない相手と葛藤することで、たましいはかなり鍛えられます。

ここまで読んで、すでにお気づきかもしれませんが、人間関係の学びにおいては、どのステップでも「自分自身を見つめる」ということをします。子育てという学びも、まさに「自分自身を見つめる」ことの連続です。

たとえば「この子はどうしてこうも頑固なのだろう」と悩む親がいたとします。しかしよく考えると自分自身も頑固だったりするのです。

逆もあります。たとえば子どものころから品行方正な優等生で、今もエリートとして生きている親が、やんちゃな子どもを授かることがよくあります。そして「なぜうちの子はこんなにやんちゃで、人に迷惑ばかりかけるのだろう」と悩むのです。

この場合も、その子は親の鏡。ただし「裏映し出し」のほうの鏡です。

親は、その子のやんちゃな行動のために、「人に頭を下げる」ということをたびたび余儀なくされます。それは、エリートの親のそれまでの人生には決してなかったこと。それだけに意義のある経験となり、おかげで人間としての幅も広がっていきます。

素直な親なら、「ああそう言えば、私のこれまでの人生には、人に頭を下げるということがなかったな。人に迷惑をかけて頭を下げる人の気持ちってこういうものだったんだ」などと思い、子どもが自分に欠けているものを補ってくれていることに気づくことでしょう。

親がこのように、どんな子どもであっても受け容れ、子どもとの関係から成長していければ、子どももだんだんと変わっていくものです。やんちゃな子どももやがて落ち着いてきます。親の「鏡」となり続ける必要がなくなるからです。

わが子に自分を「投影」してはいけない

子どもによって味わわされるさまざまな経験のなかから、親はただこうして素直に「自分自身を見つめる」という作業をしていきさえすればいいのです。子どもをよりよく導こうとする気持ちは大切ですが、期待どおりに育っていないからといって、「おまえはだめな子」と頭ごなしに否定するのは間違いです。期待どおりでないその子どもの姿も、親の「鏡」であることを忘れてはいけません。身をもって親の「鏡」となってくれている子どもには、感謝しなくてはいけないのです。

また世間には、子どもを通して「自分自身を見つめる」のではなく、子どもに「自分自身を投影する」という誤りを犯してしまう、困った親がいます。自分自身を「見つめる」と「投影する」は大きな違い。しかし現実には、自分の勝手な思いを「投影」してしまう親がとても多いのです。

自分自身の夢を投影して、子どもの個性には合わないことを押しつける。

自分自身のトラウマを投影して、子どものすばらしい個性をつぶしてしまう。

これらは結局、子どもへの依存心から来る誤りです。血肉を分けたとはいえ、子どもは親の所有物ではないのです。また、子どもは親の「作品」でもありません。

自分とは別のたましいなのですから、親の思うようにいかないことがあっても当たり前。親はそのことをつねに肝に銘じなければなりません。

「鏡」をどれだけ素直に見つめられるか

以上が、人がその一生で人間関係を学んでいく全ステップです。

おのれの満足だけを優先させる赤ん坊が、親きょうだい、友だち、恋愛とさまざまな他人と出会ううちに譲り合いや思いやりの心を身につけていき、さらに仕事、結婚、子育てという高度な学びに挑戦していくのが人の一生なのです。

これと並行して、私たちが持つ愛は、自分自身や身近な家族しか愛せない「小我の愛」から、職場の気の合わない人や、手を焼かされるわが子をも心から愛する「大我の愛」へと広がっていきます。

ただし、単純にステップ5までこなせば学びが果たせ、「大我の愛」を身につけられるというわけではありません。それぞれのステップでどこまで「大我の愛」に目覚めることができるかは、一人ひとりの学びの充実度にかかっています。

どのステップでも大切なことは、「自分自身を見つめる」ことです。どんな相手をも「鏡」として素直に見つめ、みずからの成長のきっかけにすれば、大我に近づいていけるのです。

しかし小我をいつまでも捨てられずにいると、「自分自身を見つめる」という謙虚さを持てません。相手のせいにしたり、相手に依存したりという間違った方向に行ってしまい、愛の範囲はなかなか広がらないのです。そのため同じような学びを何度も何度もくり返すことになります。

人間関係において、いつも同じようなトラブルに遭うという人は、みずからの小我に原因があるということに、早く気づいてほしいものです。

「いつもいやな人にばかり会う」という人も同じ。いつも同じようないやな人に会うのは、自分が変わらないからです。変わらないから、いつまでも同じ「鏡」を見せられるのです。自分さえ変われば、二度と「いやな」人に出会うことはなくなります。

どんな人間関係においても、相手の人格を変えることはできません。自分が変わることで、出会う相手も変わっていくのです。

学びの豊かさはみんな同じ

もう一つ、ここで断っておかなくてはならないことがあります。それは、すべての人がすべてのステップをこなすわけではないということ。途中のどれかが抜けていても、その人の人生における学びが不完全であるというわけでは決してありません。

人生のカリキュラムは千差万別です。就職を一度も経験せずに結婚する人もいますし、最近はシングルのままキャリアを積む人たちもとても増えています。また、結婚せずに子どもを産むシングルマザーも珍しくなくなりました。

そういう人たちの場合、五つのステップのうち一つか二つが欠けるわけですが、ほかのステップでの学びがおのずと濃くなるわけですから、人生をトータルで見れば、学びの豊かさにはなんら変わりはないのです。

第2章

ソウルメイトとの絆

一、出会いのメカニズム

出会いの可能性は無数

人は絆を求めて生まれてくること、絆のなかで愛を学ぶのが人生の目的だということについて書いてきました。

では、いつ誰とどんな出会いをし、どんな絆を結ぶのかは、どういうふうに決まっているのでしょう。

これには「宿命」と「運命」が大きくかかわっています。

「宿命」と「運命」はよく混同されて使われる言葉ですが、二つは同じではありません。「宿命」とは、生まれたときにはもう決まっていて、一生変えることのできない人生の要素です。生まれた国、時代、家族、生まれ持った肉体などがそうです。一方の「運命」は、自分自身の自由意思と努力で作り上げていく人生の要素のこと。私たちの日々の波長とカルマが織りなしているのが「運命」です。

人生で出会う人というのは、あるていど「宿命」で決まっています。そういうと、だいぶ限定されているように感じるかもしれませんが、そんなことはないのです。たとえばこの時代に生まれたあなたは、別の時代の人には会えません。日本で暮らしているあなたと、地球の反対側のどこか奥地に住む人は、絶対会えないわけではありませんが、日本に住む人に比べたら、会う確率はぐっと低くなります。「宿命」から見て難しいのです。

このような限定はあるものの、あなたの行動力しだいでは、「宿命」の枠内にある出会いの可能性は無数といっていいほどです。

そのなかからあなたが誰と出会うかは「運命」です。あなたがどんなとき、どんな場所へ行き、どんなことをし、どれだけ積極的に人とかかわろうとするかが、出会う相手を決めるのです。また、そのときのあなたの波長の高さも、出会う相手を決める重要な要素となります。

さらには、出会った相手とその後どのように絆を結び、深めていくかも、あなたしだいの「運命」です。

「宿命」の海で「運命」の相手を釣る

こうしたことを、私は恋愛について書いた拙著『愛のスピリチュア・ルバイブル』などのなかで、釣りにたとえています。恋愛に限らずすべての人間関係にあてはまることなので、ここでもご紹介しましょう。

人はみな、釣り竿《ざお》を持って生まれた釣り人のようなものです。

「私と赤い糸で結ばれた男性は、今どこにいますか?」などと聞く女性がよくいますが、私たちは赤い糸の端を小指に結んで生まれてきたのではありません。赤い糸が垂れ下がった釣り竿を持って生まれてきたのです。

その釣り竿を持って、私たちは海に漕《こ》ぎ出し、出会いをつかみます。海のなかにどんな魚がいるかは、「宿命」であるていど決まっています。たとえば日本海という宿命をもった人は、寒ブリとは出会えますが、どんなにがんばってもクジラとは出会えません。クジラと出会えるのは、太平洋という宿命をもった人。その代わりその人は寒ブリには会えません。

このように、海により魚の種類は決まっていますが、そこからどんな魚を釣り上げるかは自分の腕しだいの「運命」です。「宿命」の海のなかから、最高に生きのいい大物を釣ることができれば、誰でも幸せになれるのです。

「出会いがない」と嘆いている人に限って、ちゃんと釣りをしていません。ただ受け身に待っているだけです。岸辺にいたままでは大物が釣れないのは当たり前。大海原に漕ぎ出していくくらいの積極性が、いい出会いをつかむ鍵《かぎ》なのです。

私たち自身の叡智が必要な出会いを選びとる

人生の出会いのなかでも、特に重要な出会いについては、私たちの意思や行動の背後で、守護霊や類魂の働きが大きく作用しています。

たとえばある男女が出会って結婚に至るとき、二人の守護霊同士による協議が前もって行われていることがあるのです。男女双方のたましいのカリキュラムを照らし合わせて、「二人がいっしょになれば、いい切磋琢磨ができて、お互いの成長を助け合えるでしょう」ということになれば、二人はこの世で出会います。

こうした霊的な協議はなにも結婚に限ったことではなく、仕事のプロジェクトメンバーが決まるときや、患者と主治医が出会うときなど、あらゆるところで行われています。

そのなかには、過去世でのカリキュラムの続きをするための出会いもあれば、カルマの貸し借りを解消するための出会いもあります。そうした霊的な配慮により決まっていく出会いの絶妙さは、スーパーコンピューターをしのぐほどといえます。この世にたった一つしかない複雑なかたちの鍵が、それとぴったりな鍵穴にちゃんとはまっていくように、お互いにぜひとも必要だという二人は、なにがあっても出会うことになるのです。

このように書くと、「私の守護霊さま、どうかすてきな人と出会わせてくださいね」と祈るような、幼稚な神さまごっこを始める人が出てくるかもしれません。しかしそれは間違いで、守護霊というのは、つまるところ自分自身なのです。自分の類魂の一部なのであって、自分と別人格の、「神さま」のような存在ではありません。

あくまでも私たち自身の奥深くにある叡智《えいち》が、みずからの浄化向上のために、自分にとって必要な出会いを選びとっているのです。

今ある人間関係も宝の山

出会いがこのように決まっていると知ると、今まわりにいる人たちとの絆に対する見方も変わってくるのではないでしょうか。たまたま出会ったにすぎないと思っていた人たちとの縁も、実は一つひとつが意味のある大切な絆なのです。

「なんでこんな人と出会ってしまったんだろう」と思うような人も、なにか大切なことをあなたに教えてくれているのです。また、「この人のことは私がいつもお守りをしてあげているから大変」などとあなたが思っているような相手も、実は過去世ではあなたのほうがお世話になっていて、そのお返しをしているのかもしれません。そう考えると、新しい出会いを求めることも大切ですが、今ある絆がすでに宝の山だと思えてくるのではないでしょうか。

今はさほど親しくない人のなかにも、ちょっと手を伸ばせば届く範囲に、あなたの人生にとって重要な人が配置されているかもしれません。

それをただ漫然と見送るのか、積極的に心を開いて絆を結ぼうとするのかは、ひとえにあなたしだいなのです。

二、ソウルメイトとの出会い

ソウルメイトとは何か

最近、ソウルメイトという言葉があちらこちらでもてはやされています。英語をそのまま訳せば「たましいの友」。でも最近は主に、恋愛関係によって強く結ばれた〝宿命のパートナー〟を表す言葉として使われているようです。

欧米のマッチングビジネスでも「あなたのソウルメイトを探しましょう」などとさかんにうたっているそうですし、恋愛小説などでも、それこそ「赤い糸で結ばれた、地球上にいるたった一人のパートナー」といった意味で、よく使われているようです。

そこで若い女性を中心に、「ソウルメイト探し」に夢中になる人が増えていると聞くのですが、私が考えるソウルメイトはそういうものではありません。

ソウルメイトには二つのとらえ方があります。

まず狭義のソウルメイト。これは、そう何人もいるものではありません。二人が結びつくことにより、「大我の愛」に向かっていけるパートナー、二人が組むことで、社会の役に立つことができるパートナー。それが私の定義する狭義のソウルメイトです。後述する〝ツインソウル〟もそれにあたります。

もう一つは、広義のソウルメイト。すべてのたましいは究極的には一つ（類魂）ですから、出会う人、絆を結ぶ人、みなをソウルメイトだということもできるのです。身近なところでは、家族なども広義のソウルメイトです。

世の中で考えられているように、結婚相手や恋人が狭義のソウルメイトであることも、たしかに多いと思います。しかしそれだけに限りません。なにか大我につながるような仕事で協力し合う相手がソウルメイトであることもよくあるのです。となると、ソウルメイトが同性同士ということも当然あるわけです。ソウルメイトは男女関係に限りません。

逆に言うと、すべての恋人同士がみなソウルメイトであるとも限らないのです。お互いのたましいを高め合えるような恋愛ならソウルメイトである可能性もありますが、非常に軽い、遊びのような恋愛は、しょせんそれだけの関係にすぎません。

ただ、結婚にまで至る男女は、すべて狭義のソウルメイトだとはいえるでしょう。そこまでの縁を持つということは、お互いの人生に及ぼし合う影響も深い相手だからです。たとえあとで離婚することになっても、霊的視点に立てば、そのこと自体が成長を助け合ういい経験になるものです。意外に思われるかもしれませんが、あなたに苦難という経験をもたらす人が狭義のソウルメイトである場合もあるのです。喜怒哀楽すべてがたましいを磨くのですから、たとえ苦難であってもあなたのたましいを大きく成長させてくれた人であれば、狭義のソウルメイトといえるのです。

ソウルメイトの見つけ方

ソウルメイトは誰にでもいます。ただ、狭義のソウルメイトはそれほど多くありません。

それでも広義のソウルメイトは自分しだいでその数を増やすことはできます。宝石と同じで、ソウルメイトも、掘れば掘るほど出てくるものだからです。ソウルメイトの数は、人と出会って絆を深めようという本人の意欲と行動力に、ある程度比例するといえるでしょう。縁に気づき感謝する感性の豊かさや、「この縁を大切に育《はぐく》もう」という気持ちも、ソウルメイトの数を左右すると思います。

ということは、平凡に安穏として暮らしている人よりも、行動範囲や興味の対象が広く、バイタリティー旺盛《おうせい》に生きている人のほうが、ソウルメイトに出会いやすいということになります。またそういう人のほうが、ソウルメイトとの絆を活用しやすいでしょう。

ソウルメイトの話になると、よく「ソウルメイトかどうかを見分ける基準というのはありますか?」と聞かれます。

あまりこだわりすぎてもいけませんが、基準のようなものを一応あげてみます。

まず、縁を感じたり、惹《ひ》かれたりする相手はみな広義のソウルメイト、といえます。そのなかでも、自分自身の人生に非常に大きな影響を及ぼした相手は、善《よ》し悪《あ》し含めてすべて、狭義のソウルメイトだといえます。

古くからの絆、新しい絆

「前世からの絆で結ばれている」ということも、世間で言うソウルメイトにはつきもののイメージではないでしょうか。

これに関しては、実際にそういう場合がたくさんあります。

前世で出会い、お世話になった相手、あるいはお世話をした相手と今生《こんじょう》で再び出会い、今度はそのお返しをしたりされたりする。そういったことは、誰の人生にもたくさんあることです。先述した、霊的世界のスーパーコンピューターが、そういう二人を再びこの世で出会わせ、カルマのやりとりの続きをさせるのです。そのやりとりが二人の今生においても大きな影響を及ぼすならば、二人は狭義のソウルメイトといえるでしょう。

ただ、前世で会い、そのときは深い絆で結ばれたソウルメイトだったからといって、今生でまたソウルメイトになるとは必ずしも限りません。これについてはあとでふれます。

また、前世でかかわりのあった人だけがソウルメイトになるわけではありません。なにごとにも、最初があるから後があるわけですから、今生で初めて出会った相手がソウルメイトになることはいくらでもあるのです。

そう考えると人生とは面白いもの。今生で初顔合わせの相手とも、絆を作って深めれば、次の人生、そのまた次の人生と、縁がつながっていくかもしれないのです。

前世からの絆と、今生で新しく結ぶ絆。その両方に彩られているのが私たちの人生です。新旧どちらの絆が多いかは、人それぞれです。半々という人もいれば、古くからある絆のほうが多い人もいます。「今回は新しい絆をいっぱい作ろう」と思って生まれてきた人は、新しい絆のほうが圧倒的に多いでしょう。個々のたましいのカリキュラムによって違うのです。

また、どちらか一方をより大切にしなければならないということもありません。前世からあった古い絆だから大切だとか、新しい絆のほうを熱心に深めなければならないといったことは特にないのです。どちらも同じように大切にしたいものです。

前世の絆が今生に続くとは限らない

こんな経験はないでしょうか。

初めて会った相手なのに、前にどこかで会ったことがある気がしてならない。出会ったばかりなのに、妙に気が合って話が弾む。

こういう不思議な感覚を覚えるのには、次のような場合が考えられます。

一つは、今の話の続きで、前世で会ったことがある場合。二つめが、夢のなかですでに会っている場合です。

まずは一つめで、前世で会ったことのある相手と会うと、相手の姿かたちが前とは違っていても、たましいの記憶がふっとよみがえってくることがあります。いわゆる「デジャヴ（既視感）」を覚えるのです。

そういう相手が今生でソウルメイトになることもあります。しかし必ずそうなるかというと、そうとも限らないのが面白いところです。私自身の実感では、「あ、この人、前世で会ったな」「前世で親しかったな」と思っても、そこから再び縁が深まってソウルメイトになるかどうかはまた別の話です。ソウルメイトになるときとならないときの割合は、だいたい二対八といったところでしょうか。ならないことのほうがむしろ多いように思います。

今生でソウルメイトにならないのは、二人でともにとり組むべきカリキュラムが、前世までにすでに完了している場合です。その人生ではお互いのたましいに大きな影響を及ぼし合ったけれど、もうそれ以上、深くかかわる必要はなくなっているのです。もちろん今生でもあるていど親しくなるかもしれません。なにしろ気心が知れているので、なじみやすいのです。しかし人生に影響を及ぼすというほどのつき合いにはならないものです。

今生でもまた縁がつながるのは、二人のカリキュラムがまだ完了していなくて、続きをしなければならない場合です。そういうときはまたソウルメイトとして深い絆を持ちながら、ともにカリキュラムにとり組むことになります。二人のあいだでカルマのバランスがとれていない場合も、バランスがとれるまで、たましいの縁は続いていくでしょう。

スピリチュアルミーティング

初めてなのに「前に会ったことがある」と感じる理由の二つめが、夢のなかですでに相手と会っている場合です。

私たちのたましいは、現世で出会う相手と、夢のなかで前もって面会することがあるのです。これを私は「スピリチュアルミーティング」と呼んでいます。

「スピリチュアルミーティング」について簡単にふれておきます。（詳しくは拙著『スピリチュアル夢百科』をご参照ください）。

私たちのたましいは、睡眠中、幽体離脱して、あの世に行っています。肉体をこの世で休ませるあいだ、たましいは、ふるさとであるあの世で霊的エネルギーを補充してくるのです。私たちの肉体が、食べものから得るエネルギーを日々必要とするように、たましいは、日々の睡眠によって霊的エネルギーをたくわえる必要があるのです。

睡眠中のたましいは、エネルギー補充以外にも、実にさまざまな経験をしています。あの世のさまざまな場所をめぐったり、みずからの守護霊から今後に関するアドバイスを授かったり、あの世にいる別のたましいと面会したりするのです。この面会が「スピリチュアルミーティング」です。

こうした睡眠中のたましいの経験を、起床後、断片的に脳で思い出すのが、私たちが「夢」と呼んでいるものの一種です。

「スピリチュアルミーティング」は、会う場所があの世ですから、すでにあの世に帰った故人のたましいとも会うことができます。今この世に生きている人のたましいとも、相手も同じ時間に眠っていれば、会える可能性があります。

あの世はすべてがあけすけで、隠し立てのできない世界です。そのため、おのずと自然体の自分になれます。そういう状態で、同居している家族のたましいと会い、日ごろ言えない本音を語り合うこともあります。けんかして謝れないままでいる友だちに、素直に謝ることもあります。今はもう、遠く離れて会えなくなった相手と、「どうしていたの？」と再会を喜び合うこともあります。

「スピリチュアルミーティング」は、このような、すでに知っている相手とするものばかりではありません。この世でまだ出会わない相手と、現実の出会いに先立ち、あの世で先に顔を合わせておくということがあるのです。

ソウルメイトとなるような相手とは、よくこの種の「スピリチュアルミーティング」をします。「よろしくね」とあいさつを交わしたり、仕事などの相手なら、前もって軽い打ち合わせをすることがあるのです。

そうするとこの世で出会ったとき、「あれ、どこかで会ったことがあるな」「前に会いませんでしたか？」という感覚になるものです。会話もはじめからスムーズで、すんなり意気投合しやすいのです。

「夢のなかに知らない人が出てきて気になっていたら、ある日その人とそっくりな人と出会って驚いた」などという話をときどき聞きますが、それも典型的な「スピリチュアルミーティング」です。

ツインソウルと出会えるか

ところで、「ツインソウル」という言葉を聞いたことがあるでしょうか。

ツインソウルは、ソウルメイトのなかでももっとも絆の濃い、究極のソウルメイトです。

この言葉も世間ではいろいろな使われ方をしているようですが、私の定義するツインソウルは、前章に書いた「類魂」と深くかかわっています。

類魂にも広義と狭義があって、もっとも狭義の類魂は、それ自体が自分自身ともいえる、最小単位のたましいのグループだということを、すでに書きました。ツインソウル、日本語でいう「双子霊」とは、その最小単位の類魂から、同時期にこの世に生まれ出てきた二つのたましいをいいます。

一つの類魂からこの世に生まれ出てくるのは、ふつうは一人なのですが、ときに二人以上が生まれてくることがあるのです。たとえばあなたの場合は、あなたの類魂の代表として今、この世を生きているわけですが、もしかするとツインソウルも生まれていて、どこかで生きているかもしれません。

なぜツインソウルが生まれてくることがあるかというと、一人より二人のほうが、いちどきにたくさんの経験と感動ができるからです。類魂の浄化向上は、経験と感動をたくさん積めば積むほど早く達成されます。その意味で、ツインソウルをこの世に送り出すのは、浄化向上を急いでいたり、浄化向上に強い意欲を持っている類魂だといえるでしょう。

そうして生まれてきたツインソウル同士が、この世で出会うことは、めったにありません。というのも、いちどきにたくさんの経験と感動を味わうためにこの世にツインソウルを送り出すのですから、二人の人生に、重なる部分ができるだけ少ないほうがいいわけです。そこで、まったく異なる環境を選び、いわば手分けして、それぞれに違う経験と感動を積んでいるのがふつうです。だから出会うことがまれなのです。

たとえばあなたが日本に住む女性で、裕福な家庭で育ち、結婚して子どもも育てているとしましょう。そんなあなたのツインソウルは、地球の反対側のどこかの国にいる男性かもしれません。貧しい家に生まれ育ち、生涯独身のまま、仕事に生きる人生を送っているかもしれません。ツインソウルは、このように対照的な人生を送ることが多いのです。

しかしもとは同じ類魂から生まれ出てきていますから、あなたとその男性は、個性も、ものの考え方もそっくりです。そして二人の経験と感動は、同じ類魂の浄化向上に等しく役立っていきます。

そんなツインソウル同士が出会うのは、出会う目的がちゃんとあるときに限ります。雄しべと雌しべが出会って花が咲くように、二人が力を合わせることにより、社会に大きく貢献するような「大我」の仕事をするときです。

夫婦でラジウムなどを発見し、ノーベル賞を受賞したキュリー夫妻がそのいい例です。この場合はたまたま夫婦ですが、ツインソウルがつねに夫婦や恋人同士であるとは限りません。同性同士の場合もありますし、年が離れていることもよくあるのです。

三、ソウルメイトとの絆のゆくえ

ソウルメイト探しの落とし穴

人生に大きな影響を及ぼすソウルメイトとの出会いは、多くの人が期待し、楽しみに思うものではないかと思います。

そうはいっても、「この人は私のソウルメイトだろうか？」「やっぱりこの人は違うのかな？」などと頭を悩ますのは意味のないことです。現実の生活そっちのけでソウルメイト探しに奔走《ほんそう》するのもどうかと思います。

というのも、大事なことを学び合うべきソウルメイト同士なら、時間がかかっても必ず会うようになっているからです。たとえ出会いを見送ってしまっても、必要な縁である限り、何年かあとにひょっこり再会したり、忘れたころにまた引き合わされたりするものです。霊的世界のスーパーコンピューターは性能抜群で、一分の狂いもなく働きますから、安心しておまかせしていていいのです。

それよりも、「この人はソウルメイトだけど、あの人は違う」といった発想には、くれぐれも気をつけたいものです。この考え方は、かえって愛の範囲を狭めてしまいかねません。「大我の愛」に向かうどころか、「小我の愛」のなかで生きようとするようなものです。

「大我の愛」で生きるためのパートナーがソウルメイトの定義ですから、うんと広義にとらえれば、すべての人がソウルメイトなのです。もしくは、すべての人をソウルメイトとして愛する気持ちでいれば、おのずと「大我の愛」に目覚めていけるのです。

厳しい言い方をすると、「どこかにいるたった一人のソウルメイトを探して、その人とともに愛に生きよう」などというのは、横着者の発想なのです。それは、「ソウルメイトでない人との絆は求めないし、ソウルメイトと出会うまでは誰も愛さない」といっているようなもの。「たった一人のソウルメイトのために生きる」という発想は、一歩間違うと、ほかの人との絆を粗末にする方向に行ってしまいます。

すべての人がソウルメイト。そうとらえると、どの絆も大切で愛《いと》おしいものに感じられてくるはず。「たった一人のソウルメイトのために」なんていっていられなくなります。「どこかで私を待つたった一人の人」に思いを馳《は》せるほうがロマンチックかもしれませんが、大我の視点で見れば、ちょっと幼稚な発想なのです。

人は寂しい生きものですから、そういう存在を求めずにはいられないのかもしれません。そこで、寂しさを癒す心のお守りとして「ソウルメイト」という言葉を使っているという自覚があるなら、それも悪くはないでしょう。

ただ、「ソウルメイト」という言葉を好んで使っている人ほど、本当の意味でのソウルメイトを大切にしていないという皮肉な現象が起きかねないということは、理解しておいていただきたいと思います。

白馬の王子様はどこにもいない

世の中で使われている「ソウルメイト」のイメージに私が違和感を覚えてしまう理由のもう一つは、ソウルメイトというものが、白馬の王子様かなにかのようにとらえられているのではないか、ということです。

自分を助けてくれ、守ってくれる人をソウルメイトだと思っている。自分の役に立つ人でなければソウルメイトではないと思っている。そんな人が多いのではないでしょうか。ソウルメイトに何かしてもらうことばかり望んでいて、自分がその人に奉仕したり、感謝したりすることはあまり考えていない。要するに、依存心からソウルメイトを求めているのです。

「ソウルメイトが早く現れて私を守ってほしい」とか、「私のソウルメイトだと信じていたのに、彼は全然尽くしてくれない」などという言葉には、ソウルメイトを間違って解釈していることがよく表れています。

ソウルメイトは霊的な絆を持った相手ですから、物質的な利害がからむ関係ではありません。「守ってくれる」「尽くしてくれない」と思うのは、発想からしておかしいのです。自分にとって都合のいい白馬の王子様はどこにもいません。

たましいの絆は現世の秤でははかれない

ソウルメイトには、「人生の最後まで添い遂げる」というイメージもあるようですが、そうとも限りません。ソウルメイトであっても離婚する場合もありますし、避けられない事情で別れを余儀なくされることもあります。

そうなったときに、「ああ、この人は結局ソウルメイトではなかったのか」と落胆するとしたら、それは間違いです。いっときでもお互いの人生に大きな影響を及ぼし合う時間を共有し、「大我の愛」をともに育んだ相手なら、ソウルメイトであることに変わりはないのです。

結婚には至らなかった過去の恋人も、その人がくれた言葉やなにかが、今でも自分の人生に影響しているならば、間違いなくソウルメイトです。現世的に成就したかどうかは関係ないのです。

また、いっしょにいた時間の長さもまったく関係ありません。ほんの数か月のつき合いだった相手が、自分の人生を大きく変えたということも人生には珍しくはないわけで、その人もやはりソウルメイトです。

逆に、どんなに長い期間そばにいても、ソウルメイトと呼べるほどの絆ができないまま終わる相手もざらにいるものです。たとえば大きな会社に勤めている人なら、同じ会社の同じフロアに何年も通っているのに、「そういえば一度も言葉を交わしたことがないな」という人が、何人もいるかもしれません。

霊的視点で大事なのは「どれだけ込めたか」です。どれだけ長い期間いっしょにいたかとか、結婚に至ったかどうかで絆をはかろうとするのは物質主義的価値観です。現世の秤《はかり》で、たましいの絆の強さをはかることはできません。

それよりも、たとえ短い時間でも、相手にいかにたくさんの思いを「込めて」つき合えたかのほうが大事。精いっぱい「込めた」つき合いは、二人のたましいのなかで、永遠の思い出として輝き続けるのです。

別れた経験も自分を成長させてくれる

先述のように、ソウルメイトであっても現世で別れることはよくあります。別れたということが、その人がソウルメイトでなかったことを表すわけではありません。

とはいっても、人間の心情としては、誰かと別れたときに「この人はソウルメイトではなかった」と思ってしまうというのも、たしかにあるだろうなと思います。

なぜなら、別れというもの自体が決していい思い出にはなりにくいからです。

たとえば恋愛関係なら、どちらかが別の人を好きになったとか、ひどい言い争いになったとか、なにかしらいやな出来事があるから別れに至るわけです。親子関係でも、縁を断つまでになるのは、よほど深刻な亀裂ができてしまったときでしょう。

別れてまもないうちは特にそのいやな記憶が生々しすぎて、相手をソウルメイトとは思いづらいし、思いたくもないものかもしれません。

しかしそういう相手でも、心から愛してくれたときが一度でもあったならば、そのことまで全否定するのはいかがなものかと思います。人生を変えるほどいい影響を与えてくれた。今でも思い出すと元気が湧《わ》いてくるような励ましの言葉をくれた。よくよくふり返れば自分もとてもわがままだったのに、いつでも受け容れてくれていた。そういういい面に目を向けて感謝し、二人の絆をいつまでもたましいの宝として大切にするべきなのです。

また、別れという経験そのものが、自分を大きく成長させてくれることもあります。そこで味わった葛藤、悲しみ、憎しみ、反省といった経験と感動が、自分を大人にしてくれるのはよくあること。それもまた人生に大きな影響を及ぼす大事な学びですし、相手がソウルメイトであった証《あかし》なのです。

そう考えていくと、短くとも濃いつき合いをして、その結果別れた相手のほうが、長年つかず離れずの浅いつき合いが続いている相手より、かえってソウルメイトである可能性が高いといえるのかもしれません。

会わなくなっても絆は切れない

ソウルメイトとは、別れたあとも絆は切れません。二人のあいだにあるのはたましいのつながりですから、現実にもう会わなくなったということは関係ないのです。心のなかに、その人が残してくれたなにかがあれば、二人は今でもソウルメイトなのです。

このことも、ソウルメイトかどうかを見分けるポイントになります。現実に会うことがなくなってから、もう思い出すこともないような相手は、ソウルメイトではないのです。

決定的な別れには至らなくても、いろいろな事情でしばらく疎遠になるソウルメイトもいます。ソウルメイト同士とはいえ、それぞれに別個のたましいのカリキュラムを持っているわけですから、頻繁に会う時期もあれば、会わなくなる時期もあるのです。もちろんお互いに悪気などありません。それは自然界の波のようなもの。

それでも心やたましいはちゃんとつながっていますから、会わないあいだも絆が薄れたりしません。また次の波が来たときには、笑顔で会えるものです。

私自身にもそういうソウルメイトが何人かいます。たとえば昔からの親友がそうです。彼は今の私の忙しさを気遣って、自分から「会おう」とは言ってきません。それでもなにかのときには手紙をくれ、それを読むと、今でも自分のことを本当にわかってくれているな、と思えるのです。

久しぶりに会うときは、すぐに昔のようにうちとけ合えて、まったくブランクを感じません。物理的・時間的な距離がどんなにあいても、心の距離がずっと変わらないからです。

今の時代、物質主義的価値観が蔓延《まんえん》していますから、「会わないまま、心のなかで絆をあたためる」ということが苦手な人が多いようです。現実に会うことだけが絆の証と思ってしまうのです。

たとえば恋愛関係では、頻繁にデートすることが愛の証だと思う人や、「愛してる」と四六時中言ってもらえないと不安になる人がいるようです。友だち関係でも、若い人などは、メールの返事がちょっと遅れただけで険悪になることもあるのだとか。そのうち、「疎遠になってもソウルメイト」などという話が通じなくなる時代が来てしまうのかもしれません。

思い出はきれいなままに

ここまで読みながら、過去につき合った恋人や友だちを思い出して、「あの人こそ私のソウルメイトだったのでは」と思いあたった人が、あなたにも一人や二人、いるのではないでしょうか。

「あの人とのつき合いはたしかに私の人生を変えてくれた。成長させてくれた。それなのにありがとうも言えなかったなんて」。そう思うとたまらず、電話をしたり、会いたくなってしまったかもしれません。

でも、それはしないほうがいいのです。現実のつき合いはそのときで終わったのです。それ以上ほじくり返す必要はありません。今はただ思い出に感謝し、相手が残してくれた、心のなかの宝をいつまでも大切にしていればいい。そこでまた現実に再会すれば、かえってそのソウルメイトとの絆の輝きを汚すことになりかねません。宝は宝のまま、そっとしておいたほうがいいのです。

特に、過去に恋愛した相手ともう一度会おうなどと思うのは禁物です。そう思う動機には、たいてい依存心が潜んでいるからです。

相手には相手の今の暮らしがあります。遠くから、心のなかで相手の幸せをいつまでも願っていればいいのです。本当の絆で結ばれたソウルメイトなら、相手のほうもこちらの幸せを絶対に願ってくれています。なんの便りもなくても、そう確信しながら生きることは、自分自身の「愛の電池」のたくわえにもなるのではないでしょうか。

私の人生を変えた一通の手紙

私自身の過去をふり返っても、「あの人はソウルメイトだったな」と思う人が何人かいます。この人と出会っていなければ、今の私の人生はないだろうと思う人たちです。そのなかの何人かについて書きましょう。

一人は中学時代の美術の先生です。高校進学を控え、自分がどの方向に進むべきか迷っていたときに、私はその先生に手紙を出したのでした。その返事が非常に深く感動的な内容で、私の進路を決定づけることとなったのです。

私が迷っていたのは、教師の道に進むべく高校の普通科を受験するか、それとも美術の学科がある高校に進むかということでした。私の親戚には教師が多かったのです。しかし私には、美術、特にデザインに対する強い憧れがありました。

できれば美術に進みたかった。しかし私は、美術の成績が飛び抜けてよかったというわけではありませんでした。まして同じクラスに絵がものすごくうまい友だちがいて、私が行きたい学校を受験すると言っています。彼の美術の成績はいつも最高点。同じ学校を自分が志望するのはどういうものかと、悩みは深いものでした。

そんな私に、先生はこんな返事をくれたのです。「私はあなたの希望に賛成します。大切なのは、上手な絵を描くことより、味のある絵を描くことです。うまい人は決していいとはいえません。味のある絵を目指してください」と。手紙には、受験勉強への具体的なアドバイスまで、こまごまと書き添えられていました。

私は正直なところ、この先生の人柄まではよく知りませんでした。美術の先生ですから、授業のときしか会いませんでしたし、手紙を出した時点では産休に入っていました。実際に接した時間はごくわずかだったのです。それなのに、お産が間近という慌ただしい状況のなかでくださった返事はとてもていねいで、思いがけないほどのあたたかさと誠意に満ちていました。

先生とはそれきり一度も会っていません。産休に入る前の授業が最後だったことになります。それでも手紙はいまだに大切にとってあります。あれがなかったら私は普通科に進んでいたでしょう。

一通の手紙でも人生を変えることがあるのです。先生は間違いなく私のソウルメイトの一人です。

歌を諦めさせた先生、勧めてくれた先生

もう一人は、私が十八歳のときに初めて入門した声楽の先生です。こちらはちょっとつらい思い出です。

私の十八歳というと、非常に苦労の多かった時期です。のべつまくなしに心霊現象に見舞われるようになり、その現象の意味も、対処する術《すべ》もまだ知らなかったころでした。来る日も来る日もわけのわからない不気味な現象の嵐《あらし》。そのせいでアルバイトもままならなくなり、学費どころか食費にさえ事欠く始末でした。

そんな苦しみのなかで、私は人生を仕切り直そうと懸命でした。その一つとして考えたのが、音楽への方向転換でした。大学では彫刻を学んでいましたが、昔から歌うことやオペラが大好きだった私は、声楽を学び始めることで、人生の行きづま

りをも打破しようと考えたのです。

こわいもの知らずの私は、当時もっとも活躍していたテノールの先生の門を叩《たた》きました。「ぼくの声を聞いてください」と、いきなり電話をして訪ねていったのです。それから数回レッスンに通いましたが、いい思い出は一つもありません。なにしろ初回のレッスンで、「あなたの声では脇役にしかなれませんから、やっても無駄ですよ」と言われたのです。

声楽というのはとてもお金がかかる世界でもあります。この先生の教室にも、両親と早くに死別し、アルバイトで生計を立てていた私とは違う、お金持ちの子女ばかりが通っていました。あるとき、教室の生徒の一人が「父が今度の公演のチケットを五十枚購入させていただきたいと言っております」と先生に言う場面がありました。そのとき先生は、大勢の生徒の前で私を見て、「江原さん、お金も才能のうちですよ」と言ったのです。「そういう世界なんだ、ぼくには縁がないんだ。もう諦《あきら》めるしかない」と、私は肩を落とすしかありませんでした。

つらい、悔しい思い出です。しかし今にして思えば、あのとき歌に進まなくてよかったのです。進んでいたら、私はスピリチュアル・カウンセラーにはなっていいなかったでしょう。歌を諦め、その後の霊的な導きのなかでこの仕事を始め、今に至るまで霊界の道具として活躍させていただいている。それはとても光栄なことだと思うのです。

さらにありがたいことに、今は歌手としても活動させていただいています。

スピリチュアル・カウンセラーの仕事や、二児の子育てに日々追われながらも、やはり好きで好きでならないからと、再び歌の勉強を始めたのが三十をすぎたときでした。

そのときに出会った先生は、私にこう言ってくれたのです。「君には素質がありますよ。もっと早くからやっていれば舞台に立つ人になれたのに」。そして、音大の社会人向けのコースに入ることを勧めてくれました。そこでまた本格的に声楽を学び始めたおかげで、舞台で歌い、コンサートを開き、ＣＤデビューまでした今があるのです。

私に声楽を諦めさせた十八のときの先生。声楽への道を再び開いてくれた、三十すぎに出会った先生。どちらも私の人生に大きな影響を与えてくれた、かけがえのないソウルメイトです。

第3章

友情における学び

一、本当の友だちとは

友だちは「数」ではない

人間関係にいくつかのステップがあることを前に書きました。それぞれの関係における「学び」について、これから説明していきたいと思います。

まずは、自分を生んだ親やきょうだいとの関係の次に結ぶ、友だちとの絆についてお話しします。

友だちというものは生涯を彩ってくれます。小さな子どもからお年寄りに至るまで、友だちという存在はいるものです。あなたにも、幼少期、学校時代、成人後と、それぞれの時期に友だちがいたでしょう。そのうち特に仲のよかった人たちとは、今でもつき合いが続いているかもしれません。

ところで、「あなたには何人の友だちがいますか?」と聞かれて、即答できる人はどのくらいいるでしょうか。はたと迷ってしまう人がほとんどではないかと思います。改めて聞かれると、どこからどこまでを友だちとしていいか、そもそも友だちの定義とはなんなのか、考え込んでしまうものでしょう。

私が定義する友だちは、やはり「たましいを磨き合う相手」です。お互いの存在や、お互いのつき合いが、自分自身を見つめるきっかけとなるような相手です。

最近の若い人のなかには、携帯電話のアドレス帳に登録している人の数を、友だちの数だと思い込んでいる人がよくいると聞きます。でも、そのなかに果たしてこの定義にあてはまる友だちは何人いるでしょう。都合の悪いことが起きればデリート、うざくなればデリート。そういう友だちと「磨き合い」ができるかどうか、疑問です。そもそも友だちの「数」を誇るのは、物質主義的価値観なのです。

もっとも、大人のなかにも、持っている名刺の数でつき合いの広さを自慢する人がいますから、若い人に限ったことではないのかもしれません。

しかし「たましいを磨き合う相手」という定義にあてはまる友だちは、誰でもそうたくさんは持てないもの。本物の友情を築き、大切にしていこうと思えば、おのずとその数は限られてきます。

したがって「友だちが多い」という自慢は、厳しい言い方をすれば、「数の多さで安心したい」という小我から来る、一種の思い込みなのです。

「友だちが少ない」も思い込み

では逆に、「私には友だちが少ない」と悩む人についてはどうでしょう。

これもやはり思い込みにすぎません。先ほどの定義からすると、友だちは少なくていいのです。というより、少ないものなのです。

それを悩むほど気にしているということは、心のなかに依存心がある証拠。おそらくそういう人は、友だちというものを「甘えさせてくれる人」「助けてくれる人」と勘違いしているのでしょう。しかし現実にはそんな欲求をじゅうぶん満たしてくれる友だちはなかなか見つかりません。そこで、「こんなに悲しい私を誰も慰めてくれない」「いざというときに頼らせてくれないなんて、あの子は友だちじゃない」となり、「私には友だちが少ない」と決め込んでいるのです。

「友だちができない」とか「友だちが全然いない」と悩む人も同じ。心のどこかで「頼れる人」をつねに求めているから、それにあてはまる人を見つけられず、「友だちがいない」と思い込んでいるのだと思います。

友だちはいつでも自分を助けてくれるスーパーマンではありません。あくまでも「たましいを磨き合う相手」。この定義でもって改めてまわりを見まわせば、「あの子なんて友だちじゃない」と思っていた相手が、本当はあなたのたましいをとことん鍛えてくれる、実にいい「友だち」だったりするかもしれません。

このように、「友だちが多い」と自慢する人も、「友だちが少ない」と悩む人も、どちらも思い込みなのです。実際は両者に大差はありません。

本当の友だちなんて、そうたくさんできるものではないし、逆に、すべての人を大切な友だちだと自分が思えば、その時点でそれがそのまま現実となるのです。

遠泳しながら点呼をかけ合う

「本当の友情とはどういうものか」を、遠泳にたとえて説明してみましょう。

遠泳というものは、たいてい大勢で行います。しかし一人ひとりは、基本的には自分の泳ぎに専念します。自分の泳ぎには自分で責任を持たなければなりません。前を向いて、懸命に泳ぎ続けます。いっしょに泳いでいる仲間の安否が気になっても、横や後ろばかり向いているわけにはいきません。

そこで「点呼」をかけ合うのです。「大丈夫か、おぼれている人はいないか」という確認と、「がんばろう」という励まし合いを込めて、一、二、三と、順に声を出していくのです。

人生もこれと同じ。一人ひとりがこの社会という大海原を遠泳しているようなものです。自分の人生には自分で責任を持たなければなりません。「人は生まれるときも死ぬときも一人」とよくいわれるように、人生という遠泳は、スタート（誕生）もゴール（死）も、その道中も基本的に一人です。どんなに仲のよい人とも、いつでもいっしょというわけにはいきません。

そんな遠泳を必死にこなしながらも、同じように遠泳している友だちがどうしているか、元気でいるか、悩んだり困ったりしていないか、気になります。そこで電話をしてみたり、たまにいっしょに食事をしたりといったかたちで「点呼」をかけ合うのです。近況を報告し合ったり、お互いにエールを交換するひとときは、人生という遠泳を続けていくうえで欠かせないエネルギー源になります。

本当の友情とはこういうもの。自立している人間同士の励まし合いです。本当の友情を築きたければ、まず自分の人生をしっかり生きることです。依存心は禁物なのです。

もちろん、おぼれかけたときは手を貸してもらうことも必要ですし、本格的におぼれてしまったら、誰かに担いでもらったり、救命ボートを呼んでもらわなければなりません。しかし年がら年じゅう助けをあてにしていたら友情は崩れてしまいます。第一それでは遠泳でなくなります。自分の人生ではなくなるのです。

依存心があると友情は成り立たない

「いつでもみんないっしょ」が仲間の証だと勘違いしている人もいます。誰かが別行動をとると「ぬけがけだ」と責める。「いつもスクラムを組んでいないと仲間じゃない」というのです。しかし、スクラムを組んだまま遠泳ができるでしょうか。どんなに必死にみんなでバタ足しても、ちっとも前に進めませんし、そのうち疲れ果てて、みんなで沈んでしまうかもしれません。本当の友情は、自分の人生をしっかり泳ぎ切れる、自立した人間同士にしか成立しないのです。

また、「友だちとは自分をわかってくれる人」という言葉もよく聞きます。たしかに、お互いを理解し合うことにより、友情は育まれていくものでしょう。

ただし、相手をわかろうともせず、自分をわかってもらうことだけを一方的に求めるのは間違いです。それは依存心の表れですから、本当の友情は成り立ちません。

また、「お互いに理解し合っている」と言いながら、現実には単に愚痴を言い合うことで傷口をなめ合っているだけの友だち同士もいます。これもまた「共依存」で成り立った友情ですから、その絆はもろいといわざるを得ません。

大我があれば本当の友だちができる

人生は遠泳のようなもの。だからこそ、おりにふれ点呼をかけ合える本当の友だちがほしくなります。

では、本当の友だちを持ちたいときは、なにを心がけたらよいのでしょう。

答えは、「大我」です。大我イコール「神我」ですから、「神の心」と言い換えてもいいでしょう。「すべてのたましいは究極的にはひとつのまとまり」という真理をふまえた、「自分よりも他人を愛する心」です。

大我は誰でも持っています。だからこそ点呼をかけ合うのです。

大我の心がまったくない人は、他人に点呼をかけようとも思いません。自分さえよければいいと思っていたら、黙々と泳いだほうが速いからです。人生の途中で大我の心を見失い、一人で黙々と泳ぎ始めるような人もいます。その人にはだんだん点呼をかけてくれる友だちがいなくなってしまうでしょう。

逆に言うと、大我の心と、「点呼をかけよう」という意識のある人には、すぐに友だちができます。「人とかかわろう」「必要とされる自分になろう」という意識さえあれば、必ず友だちはできます。しかもたくさんできます。

あなたは日ごろ、友だちにどのくらい点呼をかけているでしょうか。相手になにか頼みごとがあるときや、自分の話を聞いてもらいたいときだけ、連絡してはいないでしょうか。自分から友だちを気遣うこともなく「誰も電話をくれない」なんて言っていないでしょうか。一度よくふり返ってみてください（巻末付録『あなたをとり巻く「絆」チェック表』は、その〝ふり返ってみる〟作業に役立つと思います）。

二、大人になっても友だちはつくれるか

必要なのは心の余裕

「友だちができない」「友だちがいない」という悩みは、子どもばかりでなく、大人にもあるようです。もしかすると大人のほうが「本当の友だちがいない」という悩みが深刻なのかもしれません。

現代人はみんな忙しいので、一日があっというまにすぎていきます。仕事に追われ、生活の雑事に追われて、なかなかゆとりを持てません。気がついたらいつも夜。なにか虚しい。ふと考えてみると、友だちづき合いをすっかりしなくなっている。古い友だちとは疎遠になり、今の環境には知人はいても、友だちはいない——。「友だちがいない」と嘆く人の毎日は、そんな感じではないでしょうか。

しかし私にいわせると、これもまた思い込みです。意識の持ち方しだいで友だちはできるのです。そういう人は自分の心に問うてみてください。「あなたは今、人

に必要とされたいですか？」と。

「必要とされたい」と思う心の余裕があれば、友だちはすぐにできます。心を開き、自分を必要としてくれる人を探して、外の世界に積極的に出ていけばいいのです。

「そういう余裕はない」と思うなら、今は友だちを持つには向かない時期だということ。自分に余裕のないときに友だちを持とうとすると、依存心からの友だちになりやすく、なかなかうまくいかないものです。

大人の友情は高度で複雑

大人に本当の友だちができにくい理由には、もう一つあります。友情による学びは一生続くとすでに書きましたが、友情というものは、大人になるにつれ、高度化かつ複雑化するのです。子どものときは、どの友だちとも純粋な友だち関係でいられました。立場も利害もなく、ただ楽しく遊べればよかったのです。みんなが素《す》のままを出し合っていたから、お互いを「鏡」とする学びもまたシンプルでした。

しかし大人になると、人間関係のバリエーションが増える分、純然たる友だちは少なくなります。それぞれに社会的な立場がありますし、あるていど仮面をかぶって生きていますから、「鏡」の見え方も複雑怪奇なものとなります。

大人ならではの友だち関係には、たとえば職場の友だち、ママ友だち、ご近所の友だちといったものがあります。こうした場で純然たる友情が築けるかというと、なかなか難しいものではないかと私は思います。そこにいるのはあくまでも「職場の」「ママ同士の」「ご近所の」というカッコつきの友だちにすぎないと、はじめから割り切っていたほうが無難でしょう。たまたまそこに居合わせた人たちを友だちにしようと思うのは、厳しいようですが、横着な発想なのです。

たとえば職場の友だち。就職して会社などで働き始めると、一日のうちそこにいる時間が圧倒的に長くなります。だから、その場で友だちをつくろうとする気持ちもわかります。

でも、職場はあくまでも仕事をしてお給料をいただく場所。そして、同じ一つの仕事にとり組むという絆のなかで、たましいを成長させる場所です。友情を育む場所ではありません。友だちができても、立場や利害がからむため、なかなか複雑なものになりがちです。

もちろん、たまたまそこでいい友だちができるということも、少なくはないと思います。そのときはラッキーと思っていいでしょう。しかし「職場に友だちがいない」ということが悩みにまでなるのは、発想からして間違っているといわざるを得ません。

子どもを通じての、いわゆる「ママ友だち」にも同じことがいえます。同じ公園で遊んだり、同じ幼稚園や学校に通う子どもの親同士が友だちになろうとする、そのこと自体は悪いとはいいません。子育て中のおかあさんはどうしても忙しいですし、行動範囲も限られますから、そこで友だちができたらいいな、と思ってしまうのもわかります。

しかしそこでの主人公は子どもたちであって、自分たち母親は付き添いにすぎないということを忘れないようにしたいものです。そこで自分の友だちもできれば一石二鳥かもしれませんが、「話が合わない」「仲間に入れない」などと悩むのは行き過ぎです。

第一、子どもがたまたま同じ年だという以外には共通点の少ない人たちと「気が合う」ことのほうが難しいのではないでしょうか。

ご近所の友だちについても同じ。たまたま同じ地域に住んでいるだけの人たちです。友だちになっても、それがこじれて住みづらくなったときのリスクを考えると、はじめから友だちになろうなんて思わないほうが無難なのです。

本当の友だちはいったいどこに

友だちは、職場、ママ仲間、ご近所などとはまったく別の場所につくるべきです。学生時代からの友だちとの絆を大切にするのもよし、趣味やボランティア仲間のなかから新たに見つけるもよし。そこでなら、価値観を共有し合える友だちといいつき合いができるでしょう。立場や利害がからまない、純粋な友だち関係を築きやすいと思います。

ところが私がこう言うと、「昔からの友だちとは、もう環境が違って話が合わないんです」と言う人がよくいます。「環境が違う」とは、遠くに住んでいる、仕事で忙しい、ライフスタイルが違う、といったことのようです。

ライフスタイルの違いというのは女性の友だち同士において特に表れやすいようです。かつての親友同士の一方が、今は会社でどんどんキャリアを積み、もう一方は専業主婦として子育て中、という場合もあります。

しかし、そういう違いが出たせいで話が合わなくなるというのは、厳しいようですが、はじめから本当の友だちではないのです。

「環境が違う人とはつき合えない」といって、現在同じ環境にいる人だけを友だちにしようとすると、先述のようになかなかうまくいきません。そこにいる人の多くは、職場や子育てといった今の環境は自分と同じでも、それ以外に共通点の少ない、価値観も異なる人たちだからです。そこで本当の友情を育むのはとても難しいでしょう。

環境の違いにこだわる前に、ふり返ってみてほしいのは、環境の同じ人とつき合おうとする、自分の心です。そこにあるのはやはり依存心ではないでしょうか。「自分のことをわかってほしい」という依存心です。しかも自分の「今」をわかってほしいのです。「今」うれしいこと、「今」困っていること、「今」悩んでいること。それをわかってもらうには、「今」の環境が同じ人のほうが話が早いのはたしかです。

昔はとても仲がよかったけれど、今は環境の違う友だちには、その「今」をなかなかわかってもらいにくい。一から全部、説明しなくてはいけないから面倒くさい。

だから会うのも面倒になってしまうのです。

そこに欠けがちなのは、相手に対する愛です。「相手が今、幸せかどうか、励ましを必要としていないか、ちょっと点呼をかけてみよう」という思いやりです。それよりもとにかく自分の「今」を「聞いて聞いて！」という状態です。自分ばかり理解され、励まされ、慰められたいのです。

本当の友だち同士なら、「今」どんな暮らしをしていようが関係ありません。お互いの根底にある、簡単に変わることのない価値観を共有できればそれでじゅうぶんと思えるものです。そういう友だちなら、たまに会って食事をしながらたわいのない会話をしたり、ちょっとした近況報告をしてお互いを励まし合うだけで、心がじゅうぶん通うものですし、友情はいつまでも続きます。

男の友情、女の友情

「友だちがいない」という大人の嘆きは、女性からよく聞くのですが、実際は男性のほうが圧倒的に友だちが少ないのではないかと思います。

女性はなんだかんだ言っても、友だちづき合いを楽しむのが上手です。カフェでお茶したり、数人で温泉旅行に行ったりするのも、圧倒的に女性グループが多い。それは、世の男性の多くが仕事に追われがちなせいでもあるでしょう。

もう一つの理由は、やはり性の違いではないかと思います。女性は元来、母性というものを人生のテーマとして持っています。だから、遠泳しながらも、「大丈夫？おぼれていない？」と気遣って、点呼をかけ合おうという連帯意識を持ちやすいのです。

これに対し男性が生まれ持ったテーマは父性。横につながった人たちと点呼をかけ合うより、先頭に立とう、リーダーシップをとろうという縦の意識のほうが先に立ちます。そのため、古い友情をあたためたり、仲間と趣味を楽しむよりも、仕事一筋の日常になりやすいのです。友だちといっても、どうしても会社の同僚や、仕事がらみのゴルフ仲間といったことになりがち。たまに同窓会などへ出かけても、名刺を交換し、仕事上の便宜を図り合う相談を始めるというのがありがちなパターンではないでしょうか。

日本という国の風土もあるかもしれません。子どものころから「男の子なんだから」と、一人で歩くことを強いられてきたのが日本の男性。他人に点呼をかけてもらうことを、どこかで潔しとしないところがあるのです。

日本の男性が年をとって退職したときに「濡《ぬ》れ落ち葉」になりやすいのは、友だち同士で点呼をかけ合うということをずっとしてこなかったことが、一因として見逃せないのではないかと思います。

人間にとって、人から必要とされること、求められることはとても大事。それが「生きる力」になるのです。その「求められる場」を仕事にしか持たなかった人は、引退後、友だちもいない、家庭にも居場所がない自分に気づき、「誰からも必要とされない」と落ち込むことになりやすいのです。

団塊の世代の大量退職が「二〇〇七年問題」として話題になりました。引退後はひたすら趣味に打ち込むことを楽しみにしていた人も多いようですが、それだけでは虚しくなってしまうのではないかと思います。

やはり人は、「必要とされること」で生きていけるのです。友だちづき合いを楽しむ。家族とすごす時間を大切にする。地域活動に参加する。ボランティア活動に励む。こういった、他人とのかかわり合いのなかでこそ、第二の人生をいきいきと心豊かにすごせるのではないかと思います。

三、友だちとのトラブルをどうするか

オープンになりすぎない

友だちとトラブルになりやすい人を見ていると、いくつかの共通点があります。その一つは、はじめからあまりにもオープンになりすぎるということです。

友だちができるのは誰にとってもうれしいものです。特に「こんなに気が合う人がこの世にいたんだ」と思えるような人と出会うと、もっと親しくなりたい、もっと近づきたいと気持ちがはやります。

しかしそこで、性急に絆を深めようとしてはいけません。恋愛にしろ、急激に盛り上がった恋ほど、冷めるスピードも速いもの。同じことが友情にもいえて、どんなにうれしくても、はしゃぎたい心を理性でセーブするのが大人なのです。

自分のことを話すのも、相手のことを聞くのも、少しずつ、一歩ずつを心がける。その過程で「この人とは合わないな」「うまくつき合えそうにないな」と思ったら、気まずくならないうちにいつでも引き返せるようにしておく。これが大人の友だちづき合いの極意ではないかと思います。

「出会えてうれしい、近づきたい」という感情をありのまま表すのは依存心の表れなのです。どちらかが相手に依存したり、お互いに依存し合ったりするのは本当の友だちではありません。自分自身をふり返ってみてください。友だちができるとすぐに「私ってこうでね、ああでね」と身の上話を洗いざらいしたがるタイプだな、という自覚がある人は気をつけなければなりません。「あなたってどうなの？　なんでも話して」と根ほり葉ほり聞きたがるタイプも要注意です。

相手をよく知らないうちに自分をさらけ出すのはトラブルのもと。「これって内密なんだけどね……」といったことがいつのまにか広まっていたり、「あの人、あんなことを言っていたよ」と噂《うわさ》にされることにもなりがちです。そうなってから「あんなことまで話さなければよかった」と後悔しても遅いのです。

そういうお調子者タイプの人は、「あ、それは私にまかせといて」と、安請け合いしてしまうこともしばしばです。実際はできないことまで、相手の役に立ちたい、いい人と思われたいと願うあまり、冷静さを失って引き受けてしまうのです。これもまた当然トラブルのもとです。

このように考えるのはちょっと寂しいかもしれません。でも、このくらいの慎重さが、結果的に、せっかく出会えた二人の絆を大切にすることにつながるのです。

理性的に絆を深めていけた相手とは、本当にいい友情を育めますし、長くつき合える親友ともなりやすいのです。

「四対六」を心がける

ここまで読んで、こう思った人もいるかもしれません。「でも一般によく言われているのはその逆で、まず自分から心を開くこと、最初からオープンになることが、友だちをつくるコツだとされていますよ」と。

私流に解釈すると、それは、自分から率先して声をかけなさい、相手が楽しめる話題を進んで提供しなさいといったことだと思います。あるていどの自己紹介を自分からすることも、相手に緊張をほぐしてもらうにはいいでしょう。つまり「サービス精神を持ちましょう」ということ。こういうサービス精神は、大我なのです。

私がよくないと思っているのは、こうしたサービス精神とはまた別で、自分の身の上をなにもかもすぐにさらけ出したがること。これは、「私のことをわかってね」と相手に依存する小我なのです。

人間関係のトラブルが多い人は、つねに「四対六」を心がけることをおすすめします。

たとえば、相手に「四」お世話になったら、「六」お返しする。お世話になった以上に、こちらから奉仕することを心がけるといいのです。それが大我の心です。お世話になったのは「四」だからお返しも「四」でいいと思うのは、計算高い小我です。

また、自分はいつも相手に依存してしまっているなと気づいたとします。人間である以上、誰にも依存せずに生きることはありえないので、それはそれで、気にしすぎなくてもかまいません。ただ、いったんそう気づいたら、依存心「四」に対し、自立心を「六」持つように心がけたいものです。

自分の話を「四」聞いてもらったなと思ったら、相手の話を「六」聞くようにするのもいい心がけです。友だちづくりの上手な人、人から慕われる人は、話し上手よりも聞き上手に多いのです。

どんな人間関係でも「四対六」を心がけていれば、面倒なトラブルはそう起きません。

嫉妬心は向上心に切り替える

友だちに関してよく聞く悩みのなかに、「友だちに嫉妬してしまう」というものがあります。とても親しい、大好きな友だちなのに、その人の成功や幸せを妬《ねた》んでしまう。そんな自分がいやになるというのです。

人間である以上、そういう感情もときにはあると思います。

しかし嫉妬はとても無意味なものです。嫉妬するとき、人は相手の表面しか見ていないものだからです。その友だちが陰で血の滲《にじ》むような努力をしているかもしれないことや、自分が知り得ない苦悩を抱えているかもしれないことを思えば、そうむやみに嫉妬心は湧きません。

そもそも人は、それぞれ生まれ持った「宿命」が違うのです。自分にないものを友だちが持っていても、それを羨《うらや》むのは無駄なこと。自分は自分で、生まれ持ったものがあるのですから、それを最大限に生かせばいいのです。

生まれ持った「宿命」の違いは、見た目には不公平かもしれません。でも、一人ひとりが自分の「宿命」を素材として、それを開花させるべく努力できることについては、万人が平等です。自分の素材を理解し、それを開花させることのできる舞台を見つけて精進する。これをし始めると、自分のたましいがだんだん輝き出すのがわかり、夢中になってきて、嫉妬に苦しむひまなどなくなります。

友だちへの嫉妬心の陰には、寂しさが潜んでいる場合も往々にしてあります。友だちが手の届かないところへ行ってしまった気がする。自分なんてもう相手にしてくれないのではないかと不安になる。そういう寂しさが嫉妬に変わってしまうこともあるのです。

そういうときは、相手に「寂しい」と、素直に言葉で表現したっていいのです。醜い感情で友情を汚してしまうよりは、そのほうがよほどいいと思います。

もっといいのは、相手の輝きに感化されて、自分も努力することです。指をくわえてただ妬んでいるのではなく、自分も相手のようになろうという向上心を持つ。嫉妬というネガティブな感情を、向上心というポジティブなエネルギーに転換するのです。

嫉妬心が湧いてきたら、ただ翻弄《ほんろう》されるのではなく、その感情がどこから来るのかを冷静に分析することが大事です。分析できれば、対処の仕方も自分でわかるからです。たとえば嫉妬の陰に「自分もそうなりたい」という気持ちがあるとわかれば、自分の花も咲かせるよう努力すればいい。一人ひとり、生まれ持った素材が違いますから、自分の花が咲く舞台は友だちのそれとは別かもしれません。でも、自分オリジナルの舞台で花を満開に咲かせることはできるのです。

あるいは、嫉妬の感情が「寂しさ」から来ていることに気づいたら、その友だちに素直に「寂しい」と言えばいい。相手も案外「そうだったの」とわかってくれ、心を動かされるものです。どんな人間関係においても、自分を分析する理性、そして素直な心が大切なのです。

第4章

恋愛と結婚における学び

一、恋愛は感性を磨く学び

喜怒哀楽に揺れる心

多くの人は、思春期を迎えると、恋愛というステップ3の学びにふみ出します。

恋愛とは、相手を好きで好きでたまらない感情です。友情は、基本的には対等な相手と「折り合う」という学びでしたが、恋愛はそうではありません。自分を受《う》け容《い》れてもらいたい、好きになってもらいたいという気持ちが先に立ち、自分よりも相手の意向ばかりが気になるのです。

「自分はどうなってもかまわない」と思えるほどの激しい感情に揺さぶられるのも恋愛ならでは。相手に思いを告白するときなどは、自分を捨てる覚悟さえするものです。

恋が成就すればこれ以上ないほどの幸福感を覚えます。毎日が楽しくてたまりません。すべてが輝いて見えます。

しかしそれも慣れてくると、不安や嫉妬の感情がたびたび顔を出すようになります。「なぜ電話をくれないんだろう」「はじめのころより冷たくなった」。好きであればあるほど、悩みのたねは尽きません。

やがてお互いのわがままが出てきて、もめごとが増えてくると、感情のぶつかり合いが始まります。愛が憎しみに変わってしまうこともあります。

そして別れ。失恋は、本気で好きだった恋ほど、深い悲しみを残します。

このように見ていくと、これほどバラエティに富んだ感動を、強く味わわせてくれる経験は、恋愛をおいてほかにないのではないかと思います。

恋愛するなかで味わった喜怒哀楽の感動は、他人の気持ちを思いやる感性を育てます。自分が一度でも味わった感動は、他人の心のうちにも容易に想像できるようになるのです。いい恋愛をたくさんした人ほど、やさしい人になれるのはそのためです。

霊的真理を学ぶ人のなかには、恋愛を低俗なものとして軽視する人もいますが、それは違うと思います。恋愛の一連の流れは、人としての感性を磨き、たましいに深みを与えてくれるのです。

想像のつもりの妄想

恋愛は、好きな人の気持ちを想像するセンスも磨いてくれます。会えないときは、相手がどうしているか、想像をめぐらせます。元気がないときは、なにがあったのか、どうしたら元気になってもらえるかをあれこれ考えます。相手が言葉にしないことを、表情やしぐさから読みとろうとします。

このことも、人としての感性を豊かにするいい訓練になります。

ただ、このときに自分自身の小我がまじると、想像も妄想となり、さまざまなトラブルを引き起こします。そういうことでもめているカップルは多いのではないでしょうか。

相手が浮気をしているのではないかと気になって、一日に何度も電話をする。最近元気がないのは自分を嫌いになったせいではないかと、相手に問いつめる。こういう妄想に駆られているときは、相手を愛し、相手の本当の心を読もうとしているのではありません。自分を愛し、自分の心だけを見つめているのです。

よく「彼(彼女)の心がわからないんです」という悩みを聞きますが、わからないのは、だいたい想像力が不足しているからです。自分の理想とする人物像、自分の理想とする二人の関係に、現実の相手をあてはめようとしている。しかしうまくあてはまらないものだから、勝手に不安になっているのです。

「彼（彼女）を愛しているからこそ、本心を知りたいんです」と言うかもしれませんが、自分が愛したいから愛しているだけの「小我の愛」なのです。相手に対しては、「私の理想にあてはまってください」と依存しているだけなのです。

過大な期待も依存心

相手を募集中の段階にも、依存心は禁物です。

出会う前から、「こんな人と出会いたい」という夢を描くことは楽しいものですが、「こういう人でないといや」「パートナーにはこんなことをしてほしい」と期待しすぎてしまうと、それにあてはまるような理想の相手はなかなか見つけられません。見つかっても、ちょっとなにか理想と違うところを見つけると、その人を裁いてしまうことになりがちです。相手と向き合う姿勢が、はじめから「減点法」なのです。

いろいろな人の人生を見ていると、まだ見ぬパートナーに過大な夢を持たずにいた人のほうが、かえっていい相手と出会っているようです。その後の交際や結婚もうまくいっています。相手に期待をしすぎないところから始まっているので、どんなに小さなことにも感謝できるのです。

過大な夢や期待も、依存心の産物です。自立した人間同士でないと、本物のパートナーシップは結べません。自分の人生を充実させながら、クールな心で出会いを待つくらいがちょうどいいのです。

二、恋愛から結婚へ進むとき

結婚相手はソウルメイト

最近はお見合いよりも、恋愛結婚のほうが圧倒的に多いようです。そのためか、結婚を恋愛の延長線上にとらえる人が多いようですが、第1章に書いたように、結婚は、たましいの学びの視点から見れば、一種の就職です。職場においてと同じ学びが結婚後の生活には待っているのです。

第2章で、恋愛の相手はソウルメイトに限らないが、結婚相手はすべて狭義のソウルメイトといえると書きました。結婚相手はそれくらい大事な、人生の学びのパートナーです。たとえ離婚という結果に終わったとしてもです。

そんな結婚相手との出会いは、ときに神秘に満ちています。

久しぶりに街でばったり出会ったかつての同級生とすぐに恋に落ち、とんとん拍子に結婚に至る人もいます。

飛行機で隣り合わせた相手と電撃結婚する人もいます。

私自身の結婚も不思議な縁によるものでした。妻は私が三十年近く前、スピリチュアル・カウンセリングに専念していたころに相談に来た一人だったのです。「私の将来の結婚は」と、若い女性によくある質問を受け、霊視すると、なんとそこには私自身の姿が視《み》えたのでした。内心かなり慌てましたが、その場では彼女に告げず、「独立して仕事をしている人。苦労した人みたいだね」などと答えておきました。

五年もたったころでしょうか。しばらく留学していたその彼女が帰国し、縁あって私のオフィスのスタッフとして働くことになったのです。ごく自然な流れで恋愛結婚したのはそれから半年後でした。

結婚相手は、人生で出会うなかでも有数の、とても大事な学びのパートナーだけに、出会うときは霊的世界の大きな導きが働くようです。

国際結婚をする人も今はどんどん増えています。日本とは交流の少ない、遠い国の人と結婚する人もいます。そんなとき、周囲の人にはその結婚が突飛に見えたりもしますが、霊的に見れば二人はしっかり深い絆で結ばれています。

人は霊的にゆかりのある土地へ導かれていくものです。国際結婚する人の場合、前世において、相手の国に自分が住んでいたり、相手の前世が日本人だったということは非常に多いのです。そうでない限り、恋愛することはあっても結婚にまではなかなか至りません。

結婚生活は大変な修行

私はいつも講演や著書などで、恋愛と結婚の違いについてこう表現します。恋愛は感性の学び、結婚は忍耐の学びである、と。

結婚に甘い夢を抱いている若い人たちは、後半の部分で「えーっ」と落胆するようです。しかしそれが現実なのです。

恋愛に甘い夢は見られるけれど、結婚後もそのままだったら生活していけません。現実の家庭生活を、夫婦が力を合わせ、しっかり地道に積み上げていくのが結婚なのです。

私はつねづね思うのです。「人間というのは、わざわざ大変な学びに挑んでいるんだなあ」と。想像してみてください。結婚などしない、自由気ままな生活を。

いい友だちがいて、いい仕事があって、収入もじゅうぶんで、趣味を楽しむための時間もたっぷりあって、いつでも好きな人と恋愛できる。人間にとってそれが一番の幸せではないでしょうか。老後だって、友だちとグループホームでもつくって住めば、寂しくありません。

それが結婚するとどうでしょう。好きで結婚したはずの相手の欠点が目につくようになる。友だちと会う時間は減る。仕事選びも家計優先にならざるを得なくなる。自由な時間などない。趣味どころではない。好きな人ができても簡単に恋愛にふみきれない。子どもが生まれれば不自由さはいっそう増す。

それなのに世の多くの人たちは、結婚し、子どもを生んでいるのです。これは大変な修行です。その大変さに気づいて耐えられなくなり、離婚する人もいるわけですが、大半の人は「自由がない」と愚痴りながらも、修行を続けています。そして、新しい相手との恋愛を楽しむよりも、ほころびそうな絆を何度もつくろいながら、ただ一人のパートナーとの絆を深めているのです。

なぜでしょう。それは、頭ではなくたましいが、結婚という修行によって成長することを望んでいるからです。「ああいやだ。結婚なんてしなければよかった」と頭では思っていても、たましいは喜んで修行にとり組んでいるのです。その絆が豊かな学びをもたらすありがたいものであることを知っているからです。

幻想が壊れてからが修行の始まり

よく自分のパートナーについて「結婚してから人が変わった」という人がいます。しかしほとんどの場合、変わったのではありません。本質が出てきただけです。恋愛中は相手にいいところだけを見せていられます。恋愛には、自分を好きになってほしいという気持ちが基本としてあるからです。だまそうなどという悪気はなくても、敢《あ》えてボロを見せようとする人はいないでしょう。

ところが結婚すると、二十四時間、三百六十五日、ともに生活することになります。おしゃれなレストランのように見えた相手も、ひとたび同じ屋根の下に暮らし始めれば、その厨房《ちゅうぼう》の裏までが、見ようとしなくても見えてきます。それを「変わった」と責めても仕方ないのです。相手だって、こちらの厨房の裏の裏まで見てしまい、失望を覚えているかもしれません。

そうなると「恋愛は幻想だから」という話になりがちですが、もし恋愛がこの世に存在しなければ、それはそれで大変ではないでしょうか。もしかすると、誰も結婚しなくなってしまうのではないかとさえ思います。レストランに入るときも、外観やエントランスがすてきだから入ってみようと思うのです。はじめからいきなり厨房に入りなさいといわれても、気が進むものではありません。

霊的世界は、人間が結婚という修行に入るために、恋愛というものをつくったのではないかと思います。恋の歌を歌うミュージシャンたちは、さしずめその宣伝マンといったところでしょう。

結婚して、「相手が変わった」と嘆くころが、実は修行の始まりです。「さあ、いよいよ素の自分を見せ合って、絆を築き上げていく修行が始まりましたよ」というゴングなのです。

素直になれない日本の夫婦

日本の多くの夫婦は、結婚すると、お互いに対する愛や感謝を言葉で伝え合うということが、恋愛中に比べてぐっと減ります。人間とはおかしなもので、不満や非難の言葉はぽんぽんと出てくるのに、愛や感謝やいたわりの心を表す言葉は、身近な相手であるほど、なかなか言えないものなのです。

恋愛中は、それでもお互いに気に入られたいために、そういう言葉も発していたかもしれません。しかし結婚後は、「いつもいっしょだからいつでも言える」という安心感も手伝って、めったに言わなくなってしまうのです。

二人に不穏な空気が流れて、意地を張り合うようになると、ますますそうなります。愛してはいても、素直になれなくなっていくのです。

これは特に女性に顕著なのではないでしょうか。敢えてかわいくない態度をとってみたり、意地悪を言ったり、反発してみたりする。それは実は夫の気を惹《ひ》くためだったのに、そうした態度が夫婦関係のさらなる悪化を招いてしまうことがあるのは皮肉といわざるを得ません。

それがよく起きがちなのが、夫の浮気を知ったあとです。心では今も夫を愛しているし、別れたくなどないのに、愛と憎しみが背中合わせになって、必要以上に意地悪を言ったり、執拗《しつよう》にチクチク責めてしまうのです。夫が本気で謝って許しを乞《こ》うても聞き入れず、いつまでもいつまでも、ことあるごとにその話を持ち出す女性もいます。

そうなると夫だって面白くありません。第一、家が安らぎの場ではなくなります。浮気相手といたほうがいいということにもなるでしょう。夫が謝ったときに許せばいいのに、チクチクつつき続けることで、夫の心をよけい遠ざけてしまうのです。

相手の裏切りをいかに許すか

かつての相談者にもそういう奥さんがいました。その人の夫は懸命に謝り続けたのですが、とうとう「君はぼくのことを一生許してくれないだろう。だからさようなら」と言って去って行きました。奥さんは、『北風と太陽』の物語でいう、北風と同じことをやってしまったわけです。もはや夫を一方的に責めるわけにもいきません。

ではどうすればよかったのか。夫を愛しているなら、許すしかなかったのです。たしかに悔しいし、ショックは大きかったでしょう。信じていた分、無念な気持ちはわかります。苦しい感情のやり場がなくて、夫にあたるしか方法が見つからなかったのだと思います。

しかしここでも大事なのは、感情ではなく理性です。過ぎたことは過ぎたこと。

大事なのは、これから自分がどうしたいのか、夫とどうなりたいのか、夫にどうしてほしいのかを、冷静に分析するという作業だったのです。その分析がちゃんとできてから、夫と別れるのか、ねちねち責める方向に行くのか、許すしかないと悟るか、決めるべきでした。

夫に対してもう未練がなく、すっきり別れられるならば、執拗に責めて嫌われようが、問題ないのです。しかし、夫の浮気が許せずに葛藤《かっとう》するのは、まだ愛しているから、ずっといっしょにいたいからではないでしょうか。それなら、いつまでも「許せない」とねちねち言い続けても無意味です。まして夫が真剣に謝っているなら、大きな愛で、潔く放念するのが大人なのです。

一番いいのは、自分は夫にいったいどうしてほしいか、どうしたら許せるのかを、本人に言葉で伝えることでしょう。もやもやした悔しさ、寂しさ、そして愛していることも、素直な言葉で伝えることが大事。「言霊《ことたま》」の力は大きいのです。その「言霊」に乗せて、素直な自分を表現することが、もっとも後悔の少ない道ではないかと思います。

浮気の原因は双方にある

浮気されると、一方的に相手を責める人は多いのですが、実は自分にも問題があったということは決して少なくありません。そう言うと「私が悪いとでも？」と怒る人がいるかもしれませんが、そうではなく、両方に問題があるとき浮気は起こるということです。

よほどセックスの面で異性好きな人でない限り、浮気をする理由は寂しいからです。心に寂しさという闇があって、その闇をパートナーに埋めてもらえないとき、人は浮気に走りやすくなります。

私のカウンセリング経験から言えるのは、夫の心の闇に気づいてあげられなかった妻が浮気されるというケースが実に多いということです。

男というものは、職場でつらいことがあっても、家で自分からそれを話すということをめったにしません。言わないし、言えないものです。それでも夫をちゃんと見ている妻なら、「元気がないな」くらいは気づけるはず。ところが世の多くの妻は、夫が帰宅するや、自分の話ばかり。あるいは会話そのものがないか、あっても実務的な連絡事項しか話さない。そんな日常のなかで、夫の心に、寂しさという闇は育っているのです。

そこへ、自分の話を親身になって聞いてくれる女性がほかに現れれば、夫の気持ちはそちらへなびいてしまいます。体だけの浮気はしょせん浮気で済みますが、このパターンの浮気は本気に変わり、離婚にまで発展しやすいのです。

唐突に始まる浮気はありません。夫婦関係にそういうマイナスの下地ができているときに、浮気が始まります。夫を一方的に責めることはできません。

浮気の問題で来たかつての相談者たちのなかには、「私の夫に手を出して」と、相手の女性に怒りをあらわにする人もたくさんいました。その言い方は、厳しいようですが、まるで自分の所有物を傷つけられたかのようでした。

そういう奥さんに、私は「その女性を責める前に、あなたはどれだけご主人を理解していましたか？」と聞いたものです。「ご主人の苦労をどれだけわかっていましたか？」と。すると「私だって苦労しているんです」という返事。わかりますが、それを言っていたら子どものケンカになってしまいます。

そんなときに、「許す」ことで難局を越えられるかどうかが、夫婦の愛の秤《はかり》になるのではないかと思います。越えられないのは「私にとって都合のいい相手でいてほしかった」という、これもまた依存心なのです。

世の夫たちをかばうような話が続きましたが、これは当然、男性と女性の立場が逆でもまったく同じことです。意外と男性のほうが嫉妬深くて、いつまでも根に持ちやすいところがあるので要注意です。

セックスレスはいけないことか

セックスレスになっている夫婦は、今とても多いようです。

世の中にはセックスがあることが夫婦である証《あかし》であるかのように考える人もいますが、私はやはり、夫婦にとって大切なのは、最終的には心の絆だと思います。もちろんセックスを無駄なこととは思いません。出会ったばかりの二人にとっては特に大事なものでしょう。セックスによって愛を確認でき、不安も癒されるからです。

それにセックスは、二人のコミュニケーションを円滑にする役目も持っています。霊的視点で見ると、セックスという行為により、二人のオーラは融合するのです。

オーラがしっかり融合したカップルには、言葉以外の部分でも通じ合える、いわゆる「以心伝心」が成り立ちやすくなります。しかし心の絆が深くなればなるほど、セックスはだんだん必要なくなってくるのではないかと思います。

セックスレスに悩む夫婦は、それがそもそもいけないことなのかどうかを、まず二人で考えるべきだと思います。どちらかが望んでいるのにどちらかがいつも拒否するといった場合は、二人でよく話し合って、解決の道を探せばいいでしょう。「応じてくれるのが当たり前」というのは依存心。二人で素直な本音を語り合い、譲り合いながら、夫婦のスタイルを築いていけばいいと思います。

二人ともセックスがなくても特に不満はない場合は、マスコミがセックスレスを問題として取り上げているからといって、「うちっておかしいのかしら」と悩むのはどうかと思います。

セックスレスよりずっと気をつけなくてはならないのは、会話がなくなることです。「黙っていてもわかり合える」という関係は理想ではあるかもしれませんが、やはり人間関係において「言霊」のやりとりは欠かせないのです。

三、シングルは果たして孤独か

霊的視点で見た独身とは

人間関係を学ぶ五つのステップは、みんなが全部こなすわけではないということは、すでに書きました。

生涯をシングルで通す人は、結婚と子育てのステップを学ばないことになりますが、だからと言って、人生をトータルで見たときの学びが少ないわけではないのです。

人生、結婚がすべてではありませんから、シングルでもまったく問題ないのです。それに霊的視点で見ると、独身で生きる人のほうが霊格が高いことが多いようです。

霊格が高いたましいとは、過去世ですでにたくさんの経験と感動を積んで成長を遂げているたましいのこと。そのなかで結婚や子育ても山ほど経験してきたたましいは、もうそれらによる学びはほとんど必要なくなっています。そこで、霊格の高い人の今生のカリキュラムには、結婚が含まれていない場合があるのです。反対に、今この世で結婚や子育てをしている人たちは、それらのカリキュラムで学ぶべきことがまだ残されているということです。

霊格の高い独身者の究極の例が、マザー・テレサです。マザー・テレサはまさに「大我の愛」に生きた人です。生涯独身を貫きましたが、その代わりに世の中のすべての人を家族と思い、家族に対するような愛と献身を、その活動を通じて捧《ささ》げていました。

もっとも、以上のことは一般的な傾向であって、すべての人がそうとは言いません。結婚や子育てをしている人でも、豊かな「大我の愛」の持ち主はたくさんいますし、すべての独身者の霊格が高いわけでもありません。

独身にも「前向きな独身」と「逃げの独身」の二通りがあるのです。「前向きな独身」とは、自分の人生をかけてとり組みたいことがあり、その達成のために結婚を敢えて選ばずにいること。「逃げの独身」とは、人とかかわることが怖い、家庭を持つのが面倒くさいといった消極的な理由で、結婚を避けたり、いつまでも先延ばしにしてしまっている人のことです。

ただ、一般的な傾向として、家族にかこまれてにぎやかに生きている人ほど依存心が強く、シングルで生きている人ほど自立しているということはあるように思います。

シングルの人ほど絆を大切にする

自立心を持ったシングルの人でも、ふと不安になることはあるようで、こんなふうに聞かれることがあります。「私は生涯、家庭を持つ人たちが結ぶような強い絆を誰とも結ぶことはできないのでしょうか」と。

そんなことは決してありません。むしろシングルの人のほうが、深い絆を築くのが上手なのではないかと思うことがあります。人との絆というものを強く意識し、大切にして生きているからです。

その点、家族がいる人は、家族の存在を当たり前だと思っています。だからかえって、絆を大切にしようとは思いにくいのです。

「私が死んだら、誰もお墓を見てくれないんです。大丈夫でしょうか」という質問も、シングルの人からよく受けます。それも心配いりません。シングルだった人のほうが、自立して生きていた分、死後の浄化も早いのです。シングルだった人が未浄化霊になっているのを、私は今までほとんど視たことがありません。誰にも供養してもらえないのが当たり前だと思って死んでいくため、自力で浄化していくのでしょう。

その点、家族にかこまれてにぎやかに生きていた人には、死後も「子や孫がお墓参りに来てくれない、お供えしてくれない」などと不満だらけの人がけっこう多いのです。依存心が強いために自力で浄化できず、この世を長くさまようことにもなりがちです。

本当に今すぐパートナーがほしいのか

シングルの人のなかには、まるで口癖のように「どこかにいい人いないでしょうか」という人がいます。「私はこのまま一生独身なんでしょうか。せめて恋人がほしい。いい出会いはありませんか？」と。

こういう人に私はいつも答えるのです。「簡単な話です。恋人なんてつくればいいじゃないですか。運命は自分で切り拓いていくもの。受け身でいてはだめですよ。

でも悪いけど、本当はあなた、今あまり結婚する気ないでしょう」。すると決まって「ああ、たしかにそうですね」などと、拍子抜けするような答えが返ってくるのです。

本当にほしいと思っているわけでもないのに、ただ漠然と、恋人なりパートナーなりをほしいという人はとても多いように思います。みんなが持っているものを持っていないのが恥ずかしいと思うのでしょうか。もしそうなら「みんながブランドもののバッグを持っているのに私だけ持っていない」というのと同じ、物質主義的価値観です。

ひとりぼっちでいることを漠然と嘆く前に、今この時点の自分の気持ちをつねに分析して、知っておくということが大切です。自分の人生設計から見て、現在、自分はパートナーを心から必要としているのか。本気で結婚したいのか。

分析の結果、今は仕事に精進したい時期で、パートナーはまだ先でいいとわかった人は、仕事をがんばればいいのです。たくさんの友だちにかこまれているから特に寂しくないと気づいた人は、そのままでもかまわないでしょう。

ただ、今こそパートナーを得て、恋愛なり結婚なりの学びを始めたいと心から思うのなら、どんどん出会いを求めて行動するべきです。赤い糸の垂れ下がった釣り竿を握りしめ、出会いの大海原にいざ出航です。

いずれにしても、愚痴るのは時間の無駄。自分をよく分析しながら生きていれば、愚痴など出てきません。行動あるのみです。

「休むが勝ち」という時期もある

ただ、本当に寂しくてたまらないのに、幸せに向けて行動する力がまったく湧《わ》いてこないときがあります。なにかとてもつらい経験をして、心が疲弊しきってしまったようなときです。

人生にはそういうときもあるでしょう。幸せになりたいけれど、立ち上がれない。「どうせだめだから」という諦《あきら》めが先に立ってしまう。「愛の電池」が枯渇し、被害者意識に押しつぶされそうなときです。

そんなときは、とことんその心境を味わい尽くしたほうがいいかもしれません。

人生、いつでもがんばるばかりが得策ではないのです。

しばらく嘆いて、しばらく泣いて、時間をかけて心を癒したら、さあ出発です。

休息の時間のなかで「愛の電池」がじっくり蓄えられたら、意識が前とは違っています。「私には友だちもいない」と思っていたのが、実は自分が友だちをつくろうとしていなかっただけだと気づくかもしれません。「パートナーなんて永遠にできない」と思っていたのが、「いい出会いをゲットするぞ」という意欲に変わっているかもしれません。

そんな心境の変化を確かめられたら、いよいよ行動開始。それまでは焦りは禁物です。休むが勝ち、という時期も人生にはあるのです。

「育てたい」は人間の本能

「子どもがほしいのにできない」「子どもがいないのが寂しい」という悩みもよく聞きます。

子どもを持つことは楽しいものですし、苦労も多い分、とてもよい学びになります。しかし人それぞれに、生まれる前に決めてきた「宿命」というカリキュラムがあって、そこに「子どもを産む」という内容が含まれていない人もいるのです。

「今度の人生では別のことをがんばるから、子どもは持たないことにしよう」と、自分で決めてきているのです。

ただ、「育てたい」という気持ちは万人に共通する人間の本能のようなもの。この気持ちは、女性なら母性、男性なら父性からいでる「大我の愛」です。

子どもを産むことがカリキュラムにない人は、この本能が湧いてきたときにどうしたらいいのか。これにはいくつもの道があります。

養子縁組をして、実際に養子を育てる道ももちろんありますし、それ以外にも、たとえば職場の後輩を育てるということでもいい。なにかの先生になって、生徒を育てるのもいいですし、子どもにまつわる仕事やボランティアをするのもいいでしょう。

育てる対象が、人格を持ったものでなくてもかまいません。たとえば動物や植物を育てるのも、育てたいという本能を満たしてくれます。自分がつくった会社を育てる、お店を育てるというのもすてきなことです。なにかの作品を生み出し、わが子を世に送り出すような気持ちで発表するという生き方もあるでしょう。

それらも広い意味でステップ5の学びに入るといえるかもしれません。おなかを痛めたわが子でないと育てられないというのは物質主義的価値観なのです。

「育てる」という経験と感動を通じて、みずからの「大我の愛」が広がっていくことが、なによりも大事なのです。

ひとりぼっちだからやさしくなれる

パートナーがいない、子どもがいないといった理由からの孤独感について書いてきましたが、これらはまだわかりやすいのかもしれません。

というのも、あたたかい家族も、やさしい友だちもいるのに、ときどき「自分はひとりぼっち」というどうしようもない孤独感に襲われる。そんな悩みもしばしば聞くからです。

しかしこれは、ある意味でとても正しい感覚だと私は思います。霊的視点で見れば、誰もがたましいのひとり旅をする旅人です。一人で生まれ、一人で死んでいくのです。だからまさしく「自分はひとりぼっち」。そういうものですし、それでいいのです。

どんなに大勢の家族にかこまれてにぎやかに暮らしている人も、華やかなスポットライトや喝采《かっさい》を浴びて生きている人も、ひとりぼっちであることに変わりはありません。

そこで孤独感に襲われる人は、「ひとりぼっち」をネガティブにとらえ、そこから抜け出そうとするから苦しいのではないでしょうか。

「ひとりぼっち」は人生の大前提。そこを出発点に考えなければなりません。「ひとりぼっち」だから人との絆を求めるし、絆が結べることが嬉《うれ》しいし、大切にしようと思うのです。そしてやさしくなれるのです。

「家族がいるから寂しくはないはずなのに」と思うかもしれませんが、そう考える根底には「家族がいれば寂しくない」という先入観があるのです。しかし先述のように、人はしょせんひとりぼっちであり、家族といえどもたましいは別々ですから、「家族がいれば寂しくない」というのは幻想にすぎません。

人間というのは、そうした幻想をおもちゃにして生きていくものなのかもしれません。「自分はひとりぼっち」という事実を直視できず、「寂しくない自分」を信じていたい生きものなのかもしれません。

しかしいつかはそのおもちゃを手放さなければいけないときが来る。幻想に気づかされるときが来るのです。それでもおもちゃを手放せずにいると、おもちゃを持ったまま、おもちゃに依存したまま大人になってしまい、いろいろな問題が起きてきます。わが子が巣立ったあとの「空《から》の巣症候群」もそうですし、家族との死別の悲しみからいつまでも立ち直れないというのもそうでしょう。

孤独感に襲われてしまったときの特効薬は、自分自身の人生の設計図を見つめ直すことです。この人生でいったい自分はなにをしたいのかを改めてよく考え、五年後、十年後の自分をイメージするのです。詳細にイメージできたら、その日を迎えるために、今日このとき、自分はなにをしたらいいのかが次々に思い浮かんできます。するとだんだん楽しくなってきて、孤独を感じるひまはなくなるはずです。

第5章

家族における学び

一、家族はたましいの学校

さまざまな個性の集まり

霊的視点で見ると、現世の家族は「たましいの学校」にたとえられます。山田家は山田学校、鈴木家は鈴木学園といった具合に、一軒一軒が、その家のメンバーのたましいの学びの場となっているのです。

学校というところは、さまざまな個性を持つ生徒が集まって、ともに学び、切磋琢磨するところです。「たましいの学校」である家族もこれと同じで、さまざまな個性を持つたましいがそこに生まれ、現世の家族としての営みをしながら、日々の出来事を共有するなかで学びを得ています。生まれた家にいる両親、兄や姉は、その学校の先輩。弟や妹、わが子などは後輩にたとえられます。祖父母は大先輩ですし、すでに故人となった家族や祖先はOB、OGといったところでしょう。

結婚すると、多くの場合、女性が男性の家に入ります。生まれ育った家族とは違う、夫の家族の一員となるのです。この場合、嫁ぎ先の家は、その女性にとって第二の「たましいの学校」となります。

そこは往々にして、生まれ育った「たましいの学校」以上に激しい葛藤を味わい、多くを学ぶところとなります。嫁姑のトラブルもしばしば起こりますが、すでに書いたように、嫁ぎ先の家は、職場における学びに準ずるステップ4′の学びの場です。職場と同様、そこにいる人たちとは、なにもべたべたに仲よくならなくてもいいのです。ほどよい距離を持って、お互いにするべきことをちゃんとしていればそれでいいと思います。

ただ忘れてはならないのは、霊的視点で見ると、嫁ぎ先の家との縁も「たまたま」できたものではなく、やはり霊的に非常に深い縁があるということです。自分自身の未熟な部分を鍛えてくれるような家に、うまい具合に嫁ぐようになっているのです。

たましいは遺伝子をも利用する

第1章で、これ以上分けられない、最小単位の類魂のことを「たましいの家族」

とたとえました。この「たましいの家族」と、現世の家族、いわば「肉の家族」はまったく別ものです。現世の家族は、一人ひとりが別々の「たましいの家族」から来ているのです。血のつながりはあっても、たましいのルーツはばらばらです。

そうはいっても、学校に校風というものがあるように、山田家には山田家の家風があります。別々のたましいではあるものの、「波長の法則」により、共通点の多いたましいが集まっているからです。その共通点が、家族の和合のもととなることもあれば、逆に、わが身を見せられるような嫌悪感から、反発し合うもととなります。これには誰でも心当たりがあるのではないでしょうか。

ここで「共通点があるのは遺伝のせいでは?」と思った人もいるでしょう。もちろんそうです。しかし、遺伝子よりも先にあるのがたましいです。たましいは、遺伝の仕組みをも利用して、自分の学びにぴったり合う肉体と、家族という「たましいの学校」を選んで生まれてくるのです。

ただ、似たたましいばかりが同じ家に集まるかというと、そうでもないのが面白いところで、必ずそのなかに、異質な個性を持つたましいが生まれてくるものです。たとえば、保守的な性格の人ばかりの家に、破天荒な子どもが生まれてくる。感情的な人ばかりの家に、理性的な子どもが生まれてくる、などです。

その子の存在によって、家族はなにかと刺激を受け、教えられたり、葛藤したりしながら、結果的にみんなで成長していくことになるのです。

家族を選んだのは自分自身

家族という「たましいの学校」は、人間関係の学びの場として、もっとも重要なベースとなるところです。

人はまず、ステップ1で、生まれ育った家の親きょうだいとの絆を通じて人間関係の基本を学びます。その後、ステップ2の友だち、3の恋愛、4の職場と、学びの場が広がっていくわけですが、ステップ1ではそのための基礎を築くのです。

ステップ4′の結婚で、学びの場は再び家族になります。そしてステップ5では、今度は自分が親の立場になって、親子の学びをします。ステップ4′とステップ5では、自分が築く家庭という場で、これまでの人間関係の学びの集大成を行うのです。

そのくらい大事な家族について霊的視点で考えるとき、大前提となる重要な事実があります。それは、「自分で家族を選んで生まれてくる」ということです。世間では「子どもは親を選べない」と考えられていますが、霊的に見た真実はその逆なのです。子どもというものは、よく親に向かって「こんなうちに生まれたくなかった」「誰が産んでくれとたのんだ」などと憎まれ口を叩きますが、それは間違いだということです。子ども本人が、生まれてくる前に、自分自身にぴったりな家を選んで生まれてくるのです。

そうすると、どの子どもも、裕福な家庭や、やさしくて面白い両親のいる家を選ぶのではないかと思うかもしれませんが、それはこの世の物質主義的価値観による見方にすぎません。生まれる前のたましいにとっては、自分の鍛え足りない部分が鍛えられ、磨き足りない部分が磨かれる家が理想ですから、両親が人格的に未熟だったり、経済的に貧しかったりするような、大変な環境を敢《あ》えて選んで生まれることのほうが多いのです。

たとえば、あるたましいが、生まれる前にあの世で「自分は人に依存してばかりだから、今度の人生では自立心を養いたい」と決意したとします。そのために選ぶのは、自立を強いられるような家庭環境です。経済的に貧しかったり、病弱な親きょうだいがいたりして、「よし、自分ががんばらなくては」と奮気させられるような家を選んでくるのです。この世の人はよく「あんな大変な家に生まれてかわいそうな子」という見方をしますが、霊的視点で見ると、そういう子は、敢えて大変な学びにチャレンジしている、勇敢なたましいの持ち主なのです。

親子の葛藤は胎児のときから

親子の切磋琢磨は、いったいいつから始まるのでしょう。子どもが生意気な口を利くようになる、二、三歳からでしょうか。それとも十代の反抗期からでしょうか。実は、子どもが生まれる前、母親の胎内にいるときから始まっています。親子といえども別々のたましい。それが一つのからだに入ってオーラを融合させるわけですから、親と子のたましいは、はじめはお互いになじめずに葛藤します。母親の妊娠中の「つわり」とはそのために起こるのです。

つわりも妊婦さんによって程度が違い、なにも食べられなくなるくらいひどい人もいれば、まったく平気という人もいます。

つわりがひどい人は、おなかのなかに、自分とはまったく個性が違う赤ちゃんがいることが多いのです。異質なオーラ同士が、お互いに調和しようと必死にがんばっている分、母体はつらい状態になるのです。そんな苦労の末に生まれた子どもは、母親にとって、かわいさもひとしおとなるもの。もしかするとそれは、自分とは合わない子をいとおしく思うための、よくできた仕組みなのかもしれません。

つわりの軽い人はその逆で、自分とよく似たたましいの赤ちゃんが胎内にいます。この場合は問題がないかというとそうも行きません。生まれた後に、自分自身を鏡で見るような葛藤をしばしば覚えることになります。自分のいやな面を見せつけられるのは、誰だって不愉快なもの。そういう親子は、お互いに「鏡」となって磨き合うような組み合わせなのです。

よく「江原さんは子どもが親を選ぶって言うけど本当ですか？　うちの子は親に反発してばかりなので、とてもそうは思えません」と言う親御さんがいます。そういう質問をしたくなる気持ちもわからなくはありませんが、その考え方はどこか他《ひ》人事《とごと》のように聞こえます。どんな子もあなたを親として選んできています。そして、その国、時代、地域をも選んで生まれてきたのです。なんの葛藤もなくただ仲よしこよしでいられる親を、子どもは選んでくるわけではありません。子どもはみずからの成長のために、敢えて「反面教師」になるような親を選んでくることが多いのです。まさに親子というのは「鏡」の関係なのです。

ただ、いったんこの世に生まれてしまうと、子どもは自分が親を選んだことなどすっかり忘れてしまいますから、親になにかと反発し、攻撃してきます。その反発の理由が「まるで自分自身を鏡で見ているようだから」だと気づくのは、あるていど成長してからでしょう。いえ、大人になってもなかなかできないことかもしれません。相手の嫌いな部分が、実は自分のなかにもあることを素直に認めるのは、よほどのことがないと難しいのです。

双子や三つ子のたましいは

胎内ということに関連して、多胎についての話をしましょう。

多胎児、つまり双子や三つ子のきょうだいとして生まれるたましいがいます。顔かたちや性格がよく似ているので、霊的には一つのたましいなのではないかと考える人がいるかもしれませんが、たましいは一人ひとり別々です。

ただ、思考が似ることがあるのはたしかです。なぜなら、同じときに同じおなかにいたからです。

多胎児に限らず、一般にきょうだいというものは、テレパシーが通じやすいものです。同じおかあさんのおなかですごしていたし、生まれてからも同じところで暮らすため、オーラがしっくり融合しているのです。きょうだいが遠くで危険な目に遭っているときに、なんとなく胸騒ぎがするといったことは、多くの人が経験していることではないかと思います。

きょうだいのなかでも、双子や三つ子は特に、テレパシーが通じやすいようです。年齢の違うきょうだいと違って、同じ時期に同じおなかのなかでオーラを一体化させていたからではないかと思います。

双子のきょうだいは、基本的に寂しがりやが多いようです。つねにサポートする相手をほしがっているのです。大人になってからも近くに暮らし、頻繁に連絡をとり合っている双子が多いのはそのためだと思います。三つ子となると少し違って、お互いをライバル視して競い合うことも多いようです。

このように双子や三つ子で生まれることにも霊的な意味があるのです。

障がいのある子を持ったとき

「子どもが親を選んで生まれてくる」という話を私がすると、最近よく、障がいという個性を持つ子どものおかあさんから、「なぜこの子は私を選んで来たのでしょうか」と聞かれることがあります。前世でなにかあったのではないか、ということを知りたいようです。

そういうおかあさんに対しては、私はだいたい「子どもさんがいつかそれを教えてくれますよ」としか答えません。私の本を読んでくださっているなら、次のことはもう理解しているはずだと思うからです。

障がいという個性を持った子どもは、みずからのたましいの成長のために、今の人生にチャレンジしている。そして、そんな自分をしっかりサポートしてくれそうな、たのもしくてやさしい立派な人たちを両親として選んでくる。つまり、そういう子どもの両親は「このおとうさん、おかあさんなら大丈夫」と見込まれたということ。これらを理解してさえいればいいのです。それ以上になんの説明が要るでしょうか。

選んでくれたということは、誇らしいことなのです。しかも、その子を育てる過程で、自分もますます鍛えられ、輝くたましいになれるのです。

そのすばらしい絆に、それ以上の意味合いをなぜ求めるのでしょう。前世がどうとかいう事情がわからなくても、その子に選ばれ、役に立てること自体が嬉しいものではないでしょうか。

たしかに前世において、なにかがあった可能性はあるでしょう。しかしたとえそうでも、それをただポジティブにとらえればいいだけのこと。前世でよくない関係だったなら、今生ではいい絆を築けばいいのです。前世でいい関係だったら、ますますいい絆を築けばいい。そう考えれば、前世などどうでもいいことです。

障がいのある子どもを持った意味をとことこまかに知りたがるおかあさんに会うと、私は寂しくなってしまうのです。「子どもさんがいつかそれを教えてくれますよ」と答えるのは、なにもその子が「おかあさんとぼくの前世はこうだったんだよ」といったことを、具体的に教えてくれるという意味ではありません。

親子で磨き合う歳月を大切にすごし、あるときふとふり返れば「ああ、この子のおかげで私は人間としてこんなに鍛えられた。ふつうでは味わえないこともたくさん味わわせてもらえた」と気づく。そのときたとえようもない感謝が湧いてくる。そういうかたちで、絆の意義を教えられる、という意味なのです。

障がいという個性を持つ子が特別なわけでもありません。やんちゃで手に負えないような子も、わがままで頑固な子も、繊細すぎて周囲に適応できにくい子も、生まれつき体の弱い子も、みんな同じです。親はその分、大変な思いをしますが、その子どもは「この人たちなら親として大丈夫。ぼく（私）を受け容れ、いっしょに成長してくれるだろう」と見込んで、両親を決めてきたのです。そしてその子がくれる学びと成長は、両親のたましいにとってもまさに今まで足りなかったものだという事実も忘れてはいけません。

親子げんかにも霊的真理を

「子どもが親を選んで生まれてくる」という真理は、このように、親に自信を与えてくれるものです。このことは、子どもにもどんどん教えていいと思います。まだ幼いうちから教えてもかまいません。たとえば親子げんかで「生んでくれなんてたのんでない」などと子どもに言われたら、ここぞとばかり「冗談じゃない、自分で選んだんだよ」ぐらいのことを言い返していいのです。

家や親に不満を言ったら、「しようがないでしょう、自分で選んだんだから」と言ってもいい。もちろん親に落ち度があるときは素直に謝るべきですが、そうではなく、単に子どものわがままで不満を言われたら、「じゃあ、選ばなければよかったじゃない」と言ってもかまわないのです。

「そんな言い方をするのはひどい。子どもがかわいそう」と思う人もいるかもしれません。しかし、そのときの親の言い方に、たましいの真理を伝えようという愛があれば、子どもはそこからあたたかいものを受けとります。

それに、そういうやりとりをくり返すうちに、子どもは「自己責任」を持って生きられる人間に育っていくものです。わが家などは完全にその姿勢を貫いてきましたから、今では、なにか不満があるときでも、自分から「ぼくが選んだうちだからしょうがないよね」などと言っています。

世の中には子どもをやたらと甘やかし、なんでも子どもに譲るのがやさしさだと思っている親もいるようですが、とんでもない勘違いです。父親には部屋がないのに子どもにはいい部屋を与えたり、テレビのチャンネルを簡単に譲ったり。そういうことは、なによりもその子自身にとってよくありません。将来、社会に出たときに、家でのようになんでも思うようにいくと思ったら大間違いだからです。

二、子育ては霊的世界へのボランティア

誕生を待ち望んでいるたましいたち

子どもがいる方は、自分自身に聞いてみてください。なぜ自分は、子どもを生んで育てているのだろうかと。

改めて考えたことはないかもしれません。しかしそう問われてみたとき、「家を継いでもらうため」「老後の面倒をみてもらうため」といった考えがチラッとでも出てきたとしたら、それは物質主義的価値観です。「みんなが生んでいるから」「子どもがいないと寂しいから」という動機にも小我があるといえるでしょう。

改めて意識したことがなくても、あなたのたましいは知っています。子育てが、霊的世界へのボランティアであるということを。

あの世には、この世に生まれたいと切望しながら誕生を待機しているたましいが無数にいます。この世でしかできない経験と感動をたくさん味わい、成長したい、

浄化向上したいと願っているのです。

そんなたましいが肉体を得てこの世に生まれるには、今この世にいる男女が結ばれ、妊娠、出産をするというかたちで協力しなければなりません。そして一人前になるまで育ててあげる必要があります。

妊娠、出産、子育てとは、子どものたましいに対し、人生という学びをスタートさせ、軌道に乗るまでのサポートをしてあげるボランティアなのです。

「子育てとは霊的世界へのボランティア」。このように私がいつも言うのは、子どものたましいが、その人生で少しでも浄化向上することは、ひいては霊的世界の浄化向上につながるからです。

愛情とルールをしっかり伝える

こうした子育ての霊的な意味を説明するのに、私はいつも盲導犬のたとえを用います。

盲導犬を育てるボランティアがあります。このボランティアをする人は、訓練が始まる前の幼犬を里親としてあずかり、愛情をたっぷり注ぎながら育てます。盲導犬として立派に活躍できるよう、愛のエネルギーをしっかり充電してあげるのです。かわいがるだけではなく、しつけも徹底して行います。社会で活躍するには、ルールやマナーをきちんと身につけていることが絶対に必要だからです。

子育てもこれとまったく同じです。大切なのは、愛情を注ぐことと、社会のルールを教え込むこと、この二つです。できればこれらに加え、生きることの哲学も伝えられたら理想的でしょう。勉強や習いごとに励ませるのは、あくまでも二の次です。

とにかく大事なのは愛情とルール。この二つが身についていれば、子どもはこれからの長い人生を、自分自身の足でしっかり歩いていけます。

親としてのそうしたボランティアも、子どもが十二歳から十五歳になれば一段落です。きちんと子育てしていれば、そのころには子どものなかに、自分自身というものがしっかり確立しています。自分の意思で選択や判断をし、行動できるようになっているものです。

もちろん社会的にはまだ未成年ですから、経済的な援助はその後もしばらく必要です。なにかあったときには、子どものSOSに全身全霊で応じなければなりません。

ただし経済的な援助は、あくまでもスポンサーとして行うこと。なんのためにいくら必要なのか、しっかり本人に説明させ、親が納得できた分だけ渡すようにすることが大切です。過剰なサポートは、せっかく自分の足で歩き始めた子どもの経験と感動を尊重しないことになってしまいます。親が何でも叶《かな》えてしまうと、子どもは「やらされている」と感じ、自分自身で努力したり、自分の手でつかみとることを忘れてしまうかもしれません。

「おまえのため」という過干渉な親

昔の日本の親は、霊的真理を知識としては知らなくても、子育てはボランティアであるということを、暗にわかっていたように思います。子どもを立派にしつけて一人前にし、社会に出てからは、「故郷に錦を飾る」ことは望んでも、自分に対する見返りなど求めなかったのではないでしょうか。

子どもは外に出て行くのが当たり前で、老後の面倒をみてもらうことなど期待しなかった。むしろ「いったん家を出たら二度と帰ってくるな」という厳しさを、子どもに対して持っていたものです。就職先や嫁ぎ先でどんなにつらい目に遭っても、実家の敷居をまたぐことさえ許さなかった親もいました。

ところが戦後あたりからでしょうか、日本の親の多くは、子どもを自分の持ちものと見なすようになってしまったようです。傲慢《ごうまん》にも、子どもは親の自由になるものと思っているのです。くり返しますが、親はあくまでもボランティアにすぎません。家族という「たましいの学校」の先輩として、後輩を育てているだけなのです。子どもを一人前にするまでがその役目。あとは出る幕がなくなります。自分の人生でもないのに、「おまえのため」といってなんでもかんでも手を出し口を出すのは過干渉というものではないかと思います。

親になるのに自信など要らない

このごろは、子育てというボランティアをしない人が増えています。その結果が、大きな社会問題となっている少子化です。

理由はさまざまだと思いますが、「親になる自信がないから」という人には、次のことを理解していただきたいと思うのです。

それは、はじめから親という人は一人もいないということです。みんなはじめは戸惑いばかり。それでも毎日の子育てのなかで、大変な思いを重ねながら鍛えられ、だんだん一人前の親になっていくのです。子どもが親にしてくれるのです。

ですから自信など要りません。はじめからあったらおかしいのです。親になるにあたっては、子どもに鍛えてもらう覚悟さえできていればいいのではないでしょうか。それに子育ては、大変なだけでなく、すばらしい経験でもあるのです。自信がないという理由だけでふみきれないなら、ぜひ勇気を出して挑んでいただきたいものです。

自由な時間がないのは当たり前

子育て中のおかあさんから「私の自由な時間がない」という嘆きをよく聞きます。私はそれを聞くと、冷たいようですが、「何を言ってるんだろう。子育てとはもともとそういうもの。それを選んだのは自分なのに」と思ってしまうのです。

子育ては、たしかに精神的にも、体力的にも、非常に多くのエネルギーを要します。夜泣きが続いて疲れ果てたり、いたずらに手を焼いたりするときは、なにもかも放棄して一人になりたくなることもあるでしょう。

しかしそうはいっても、ほんの数年で終わるボランティアです。せいぜい十二年から十五年。しかも、ものすごく手間がかかるのは小学校に通い始める前の六年あまりにすぎません。長い目で見れば、人生のほんの一時期です。

小学生や中学生にもなれば、子どもはもう子ども同士の社会のなかで生きるようになります。夏休みになっても、子どもには部活や学校行事などの予定が盛りだくさんあって、どんなに仲のよい家族でも夏休みを合わせるのは大変なほどです。

そう考えると、子どもと密に接していられるのはほんの一時期。あっというまに巣立っていきます。

自分自身もそうやって親に育ててもらい、今こうして生きていることを思えば、はじめのほんの五、六年くらい、喜んで子育てに捧げられるのではないでしょうか。それに一方的に捧げるのではありません。自分自身にもたくさんの幸せと学びを与えられるのです。

子育てをあまりにも大変だと思う人は、もしかすると過干渉になっていないかどうかもふり返る必要があります。なんでもかんでもやってあげて、「親って大変」

と思っているとしたら、自分の子育てのあり方を考え直さなければなりません。

子どもには、自分のことは自分で責任を持ってやらせることも大切なのです。家庭はその訓練の場でもあります。過干渉は成長の芽を摘んでしまいかねません。

家事を分担させるのもいいでしょう。「お願いね」「ありがとう」「助かったわ」と言われることは、子どもの喜びにもなります。人間にとって、必要とされること、人の役に立つことは一番の幸せ。それは小さな子どもでも同じなのです。

助けを求める勇気も必要

ただし、おかあさんが子育てできないくらい精神的・肉体的に病んでしまった場合は話が別です。子育てを一時的にギブアップする勇気も必要でしょう。

出産後の女性は、精神的・肉体的にとても不安定になりやすいもの。そこへ慣れない子育てが始まるのですから大変です。お産による体力の消耗と寝不足でふらふらなのに、まだなにもできない小さな赤ん坊は、四六時中、自分を求める。子どもをどんなに愛していても、その過酷さに耐えきれなくなってしまうこともあるのです。

そういう場合は、素直に助けを求めるべきです。「私がしっかりしなくては」とがんばりすぎてダウンしたり、追い詰められて虐待に発展してしまうのが一番の悲劇です。夫が忙しく、親にも応援をたのめなければ、一時的に児童相談所などにあずける道もあります。

かつての私の相談者にもそういう人がいましたが、彼女は何か月間か双子の赤ちゃんたちと離れて暮らすうちに落ち着きを取り戻しました。今は子どもたちも中学生になり、家族で幸せに暮らしているようです。

本当に大変なときは、周囲に甘えることも必要なのです。こういうときの甘えは依存心ではありません。本当にピンチに陥っているときに助け合うことができるのも、絆のなかで生きている人間のよさなのです。

子離れの時期を過ぎたらなにをしたいか

このように子育てはとても大変なものですが、楽しさ、喜び、学びもたくさんありますし、その先の自分、つまり「このボランティアが終わったらなにを始めようか」ということも、つねに楽しみにしていたいものです。

くり返しますが、子育てというボランティアは期間限定です。十二年ないし十五年たったら、自分の人生に戻っていいのです。いえ、戻らなければなりません。上手に子離れしなければならないのです。

子育てが終わってからの自分を詳細にイメージし、今でもできることから準備しておくことが大切です。十二年から十五年というのはまとまった時間ですから、その気になれば資格を取ることだってできます。

そのようにすごしていると、いざ子離れの時期が来たときに、スムーズに自分の人生に戻れます。「空の巣症候群」になどなりません。

子育て期間にたっぷり思いを「込めて」子どもに接していれば、子どものほうの親離れもスムーズに行くものです。

「子どもが大きくなったらなにをしようかな」と、つねづね楽しみに計画していた親が、ようやく自分の時間を持てるようになって、いきいきと趣味や勉強に打ち込み始めた。そんな姿を見ていれば、子どももささいなことで親に「助けて」とは言いづらくなるものです。「親にはじゅうぶんなことをしてもらった」という思いがあれば、子どものほうから自立するのです。なかには「おかあさん、最近あまりかまってくれないね」と寂しがる子どももいるかもしれません。そういう子には、「私にはおまえを立派に育てた自信がある。あとはおまえが自己責任で生きていきなさい」といったことは言ってもいいと思います。そこに変わらぬ愛情があれば、かえっていい親離れ、子離れができるはずです。

愛情を注ぎ込んで子育てできた親には、「やり遂げた」という達成感と自信があふれます。そういう親は、子どものことも信頼できます。「あの子、大丈夫かしら」といつまでもわが子をたよりなく思うのは、自分自身が思いを「込める」べき時期に込めきれなかったからでもあるのではないでしょうか。

「あれだけ愛情を込めて育てたんだから、あの子がささいなことでめげるはずはない。たとえ転んでも、自分の足でしっかり立てる子だ」と胸を張って言えるような子育てを目指したいものです。その信頼は子どもに必ず伝わり、子どもの自信にもなります。

十二年ないし十五年といっても、本当にあっというまなのです。そして二度とそのときは帰りません。そう思うと、一瞬一瞬を愛《いと》おしんですごさずにはいられなくなるはずです。

子どもを溺愛しすぎない

子離れしたあと「空の巣症候群」になってしまったり、子離れそのものができないような親は世の中に少なくありませんが、そうなるのは、ボランティアの期間に、その後の人生の計画を立てていなかった場合が大半のようです。子どもが生まれる前の自分の人生の続きをいよいよ始められるのに、そこで燃え尽きてしまうのです。燃え尽きてしまうのは、子どもを自分のすべてにしてしまっていたからではないかと思います。日本人は夫婦仲がしっかりしていないことが多いので、母親は子どもにべったりになりやすいのです。もしくは、子どもを溺愛《できあい》しすぎるために、夫婦仲がおろそかになってしまう。そんなことだから、子どもが巣立ったとたん、支えを失ってガクンと落ち込んでしまうのです。

自分の人生は自分のもの。子どもの人生は子どものもの。いくら血肉を分けた愛おしい子どもでも、親子それぞれの人格の境目を見失ってはいけません。

里親が盲導犬を社会に送り出し、陰ながらその活躍を祈るように、子どもが自分の人生に向かって羽ばたいていくのを、親はほほえんで見送りたいものです。

三、親の背を見て子は育つ

親に必要なのはリーダーシップ

今の世の中には、わが子をまるで所有物のように、自分の思いどおりにしようとする傲慢な親はよくいるのですが、その割にちゃんとしたリーダーシップがとれる親は実に少ないように感じます。子どもを意のままに支配してはいても、それはリーダーシップではなく、親の我欲を押しつけているだけのことが多いのです。

親に必要なのはリーダーシップです。親子といえども別々のたましいですから、子どものすべてを理解しようとがんばらなくてもかまいません。それよりも「たましいの学校」の先輩としてリーダーシップを示すことが大切なのです。

ただ、親子でも、ときには素の自分に戻って相対したほうがいい場面もあります。そういうときは親子という立場を超えた一人間として、対等に語り合うことも必要でしょう。

子どもへの接し方には、その二通りがあっていいのです。なんでもかんでもリーダーという権威つきで話されては、子どもにとっても窮屈です。子どももときには親とフランクに語り合いたいものではないかと思います。

その際に気をつけたいのは、リーダーとして話すときと、一人の人間として話すときとの区別を、きちんと子どもに示すことです。「これはわが家のリーダーとして言うが」「今のは親としてではなくて、一人の人間として言うんだけど」というふうに、前提をおいてから話してはいかがでしょうか。そうすれば子どもも混乱しません。

子どもにも「おとうさん（おかあさん）のここはよくないと思う」といったことを自由に語らせることです。ふだんからそういうオープンな信頼関係ができていると、親子はうまくいくものです。

たくさんの選択肢を示してあげる

親というリーダーのもっとも大事な役目の一つは、後輩である子どもに、経験や見聞の機会をたくさん与え、幅広い選択肢を示してあげることです。習いごと一つとってもそうですし、学校や塾選びもそうです。

その子が進む道を決めるのは、最終的には本人であるべきです。だからといって、「子どもが自発的になにかをやりたいと言うまで待つ」という姿勢が行き過ぎて、放任になるのもいけません。子どもはまだ世の中のことをよく知りませんし、情報の集め方もわかりません。親ができるだけ広範囲から情報を集め、たくさんの選択肢を示してあげることが大切なのです。

子どもには一人ひとりに輝く才能が眠っています。その発露のきっかけを与えてあげられるのは、当然ながらまわりの大人、特に親なのです。

自分で選んだものに対しては、子どもも真剣にとり組むものです。やると決めた時点で「自己責任」が生じるからです。親に押しつけられて漫然と始めたものに対してはこうはいきません。がんばろうという意欲も、月謝を出してもらっているという感謝も、なかなか湧きにくいものです。

いろいろな選択肢を示してあげても、「なにもやりたくない」という子どももいると思います。そのときは少し待って様子を見ることです。子どもの個性は一人ひとり違い、すぐに飛びつく子もいれば、じっくり考えてから反応する子もいるからです。

あらゆる選択肢を示してあげる。でも取捨選択は本人にさせる。始めるタイミングも本人まかせ。これは親としてぜひ覚えておきたいことです。

リーダーシップとは親の生きざまを見せること

親としてのリーダーシップの示し方については、難しく考える必要はありません。「親の背を見て子は育つ」と言うように、親が親として生きているその姿が、そのままリーダーシップになるからです。

そう言うと、徹頭徹尾、立派な背中ばかりを見せなくてはならないと思うかもしれませんが、そんな心配は要りません。未熟な背中もどんどん見せるべきです。それが親として精いっぱいの姿だとしたら、子どもは必ずそこからいいものを学びとります。

たとえば、親であるあなたが離婚するとします。それが精いっぱい努力した結果なのだとしたら、子どもに対して必要以上に弁解したり、申しわけなく思ったりすることはないのです。堂々としていてかまいません。そして「私はこういう人間だけど、おまえが私を親として選んで生まれてきてくれたんだよね。未熟で申しわけないけど、とことんつき合ってちょうだい」と明るく笑っていいのです。

親子も人間関係の一つですから、素の自分を見せ合うのが一番です。

「おまえはこうはならないように気をつけること。でも未熟なりに、私も必死に生きているんだよ」とざっくばらんに言える親子関係はすばらしいと思います。

そして「おまえは私の姿から学びなさい。私の生きざまは、おまえにとっても必要な学びなのだから」と伝えられたら最高ではないでしょうか。

霊的真理から見れば、この言葉のとおりなのです。目の前で起きていることは、「波長の法則」で見せられている自分自身の「鏡」です。親が身をもって示してくれている未熟さは、子どもにとっても、みずからのなかに顧みるべき未熟さであることが多いのです。

このように、お互いの関係のなかで霊的真理を育《はぐく》み合うことを「教育」といいます。教育とは、「教え」を「育む」ということだけではありません。親子でさまざまな経験と感動を共有し、切磋琢磨と葛藤を重ねるなかで、教え（＝霊的真理）をともに育み合うことをいうのです。

四、「親なのに」「子なのに」は依存心

絆とは「結ぶ」もの

長年のカウンセリング経験を通じて痛感しているのは、家族のことで悩んでいる人の多さです。内容は千差万別ですが、そのほとんどに共通しているのは、悩みの根底に依存心があるということです。

「家族なのに」何もしてくれない。「家族なのに」わが家はみんながばらばら。「家族なのに」ひどい目に遭わされた――。

家族のことで悩むどの人にも「家族なのに」という気持ちがあるのです。その裏には「家族だから」よくしてくれるのが当たり前、「家族だから」強い絆で結ばれているのが当たり前、そういった期待があるのでしょう。それなのにその期待が裏切られてしまったというわけです。

しかし「家族だから」という期待は、甘えであり、依存心なのです。家族といえ

ども一人ひとりが別々の類魂から来ていますから、もともと絆があったわけではありません。

絆ははじめからあるのではなく「結ぶ」もの。結んで深めていくものです。もちろん、この世で家族となるくらいですから、お互いのたましいには深い絆があるのです。この地球上に今生きているだけでも何十億という人がいるなかで、ほんの数人が家族として出会う。これは、奇跡的といってもいいくらい強烈な縁があってのことです。しかし、現世の家族としての絆は、この世で一から作っていかなければなりません。

これは家族に限らず、友だち、恋人、結婚相手との絆についても同じです。絆ははじめからは存在せず、いっしょに作っていくものなのです。

友だちや恋人に対しては、このことを自然とわきまえているものではないでしょうか。家族に対してだけ、はじめから絆があるものと思い込みがちなのです。血肉の絆があるものだから、こうした錯覚が生まれてしまうのでしょう。

そうした甘えを絶対にいけないとはいいません。甘えられる場所も人生には必要だからです。「甘えさせてもらっている」「お互いに依存し合うこともある」という自覚さえきちんと持っていればいいのです。

世の中の人たちを見ていると、「家族なのに」と不平不満ばかり言う人ほど、実は恵まれた環境にあることが多いように思います。「両親が何もしてくれない」「子どもが薄情で」などと甘えたことを言えるだけ、ぬくぬくとした共依存のなかで生きている「幸せ」な人なのです。家庭環境が本当にひどい人は、はなから家族に期待もしません。心理的にも、物理的にも、とうに自立して遠ざかっているものです。

親としての気負いは要らない

「子どもの気持ちを理解できない」とか、「同じ子どもでも、好きな子と苦手な子がいる」といった悩みをよく聞きます。

「親なのに」子どもの気持ちを理解してあげられない。「親なのに」子どもたちを平等に愛せない。そんな自分を責めてしまうのでしょう。

しかしこれも勘違いです。親子といえどもたましいは別個ですから、子どもの気持ちがわからないのは当然です。親なら理解できるはずと思い込むから、よけい理解できないし、理解したつもりが誤解だらけだったりする。そうなるよりは、はじめから理解できないものと、謙虚に思っていたほうがいいくらいです。

理解しようと気負うより、リーダーシップをとることのほうがよほど大切です。リーダーシップをきちんととれれば、子どもの気持ちを客観的に「知る」ことはできます。

「同じ子どもでも、好きな子と苦手な子がいる」という場合も気にしすぎてはいけません。先述のつわりの話にもあったように、血肉のつながりがある子どものなかにも、自分と合う子、合わない子がいて当然なのです。

ただし忘れてはならないのは、自分のもとに生まれてくるのは、自分のたましいの学びに必要な子だけだということ。子どもにとっての親も同じ。自分自身の学びにもっとも合った相手が親になり、子になるのです。

「なんでこんな子が私のもとに生まれたのか」と思うこともあるかもしれませんが、子どもも同じように思っているかもしれないことを忘れてはいけません。親子関係に限らないことですが、人間同士というのは、基本的に「迷惑のかけ合い」なのです。

親は子どもの奴隷ではない

子どもを意のままに支配しようとするのは間違いだと書きましたが、その逆に、子どもの言いなりになるというのも大きな間違いです。分別なしになんでも買い与え、無条件にわがままを聞き入れるのは、なによりも本人のためになりません。親は子どもの奴隷ではないのです。

わが家では、習いごとでもなんでも、子どもがみずからやりたいと言ったもの以外は一切やらせていません。やりたいと言ったことについてはできる限りの協力はしますが、それ以上は甘えさせないという姿勢を貫いています。

私がつねづね不思議でならないのは、「お願いだから学校に行ってちょうだい」と子どもにたのむ親たちです。「あなたの将来のためだから、せめて高校（大学）ぐらいは行ってちょうだい」というのです。

たしかにこの物質界の視点に立てば、学歴が高いに越したことはないと思うかもしれません。ですが私自身は、本当に大事なのは、学歴より教養だと思っています。そしてそれ以上に、なにがあっても生き抜いていける人間力が大事。最終的に前向きに人生を生き抜けるのは、たとえ学歴がなくても生き抜く底力と根性を持った人間ではないかと思うのです。

しかし、学歴でもって人間をはかることが多いのが、今の日本の状況です。

それでも、本人がどうしても進学を望まない場合は、親は無理強いするべきではありません。たのんでまでお金を出して行かせるなんて、どう考えてもおかしいのです。

もっとも、高校や大学では、勉強以外にも多くのことを学べます。友だちとの人間関係を学んだり、アルバイトを通じて社会的な視野を持てるのも、その時期ならではの貴重な経験です。そのこともよく子どもにさとしたうえで、本人に進学するのかしないのかを決めさせればいいのです。みずからの意思で進学すると決めた子どもは、そうすることを選んだ自覚とそうさせてもらえたことへの感謝を持って学生生活を送るものです。

なんでも自分で選ばせる

これに対し、親にたのまれ、お金を出してもらって進学した子どもは、なかなか感謝の念を持てません。学費も時間も無駄にしてだらだらすごし、親にとがめられれば「だから行きたくないって言ったんだ」「無理やり行かせたくせに」などという生意気も言い出しかねません。それよりも早く社会に出して働かせたほうがどれだけいいかわかりません。そうするほうがずっと向いている子どももたくさんいるのです。

「お願いだから学校に行ってちょうだい」というのは、つまるところ、親が自分自身の安心や世間体のために言う台詞《せりふ》です。子どもよりも自分を愛しているのです。子どもを本当に愛していたら、子どもの望むとおりにやらせるはずです。

放任がいいと言っているのではありません。親として、社会に生きる先輩として、進学したらどうなるのか、しなければどうなるのかを、できる限りの情報を集め、説明することは必要です。今の社会では学歴が重んじられていること、それでも今すぐ進学したくなければ、何年後、何十年後に社会人入学をして学ぶことも可能だということなども含め、よく説明し、本人に選ばせるべきです。

たとえ遠まわりしても、本人がその気になれば、何歳になっても勉強することはできます。その気になるということがなによりも大事なのです。

親がたのみこんでまで子どもに進学させるという行為は、もう一つの問題を生み出しています。それは差別意識です。「高校ぐらい出ないとろくな人間になりませんよ」などという親の言葉が、その子のなかに、学歴の低い人に対する差別意識を植えつけるのです。

くり返しますが、学歴は人間性とはまったく関係ありません。たましいの高さとも無関係です。学校に行く代わりに、早く社会に出て職業的なスキルを磨いていくことも、すばらしい生き方の一つなのです。

子どもは株ではない

子どもを株かなにかのように考えている親も、世の中ではよく見受けます。高いお金を払って塾やなにかに行かせることは、それ自体が悪いわけではありません。しかしそれを「投資」のように考えて、子どもからの「回収」を当然のように求めるのは間違いなのです。これだけお金をかけたんだから、いい大学に行けて当たり前、いい会社に入れて当たり前。そうやって「回収」できなかったら恩知らずの悪い子、といった物質主義的な考えでは、子どもの心を歪ませます。子どもは株ではないのです。

ただ、どれだけお金がかかっているかということを、子どもに言ってはいけないわけではありません。私などははっきり言っています。

わが家でも、長男を学習塾に通わせています。あるとき自分から行きたいと言い出したからです。その長男には、おりにふれ、こんなふうに話しています。

「おまえの塾の月謝はだいたいいくらで、これを旅行代に換算すると、家族全員でどこどこに何日間行ける」と。「そのくらいかかっているんだから、行かせてもらえる環境にいることに感謝しないといけないよ。月謝を無駄にしないよう精いっぱい努力しなさい。それでもだめだったら仕方がない」という言い方をしているのです。塾に行っての「結果」は求めません。ただ、行かせてもらえる環境にいることへの感謝を、子どもにはつねに忘れないでいてほしいのです。

子どもも親に依存してはいけない

親のほうの話が続きましたが、依存心を持ってはいけないということは、子どもの側にもそのままあてはまります。「親なのに」という依存心を持ってはいけないのです。

親は自分の人生の時間を使って、ボランティアで育ててくれる人。究極を言えば、この世に生み出してくれただけでも感謝すべき存在です。

子どもが親に求めていいものは、強いていえば協力だけ。先輩として、リーダーとして、自分の学びに協力してくれることだけです。それ以上に甘えたり、わがままを言ってはいけないのです。

ただ、矛盾するようですが、そうはいっても人間にとって甘える場所というのは必要です。人間の一生は、「小我の愛」を「大我の愛」に広げていく学びの道。その途中で、つらいこと、苦しいこともたくさん経験します。そのときに甘えられる場所、わがままを言える場所が心の本拠地としてあるということは、なによりの心の癒しになるのです。この本拠地は、親元を離れて暮らすようになっても、さらには親が他界しても心のなかに存在し続けます。一生を生き抜くエネルギー源となるのです。

よく、自分が結婚して子どもを持ってから「親の気持ちがわかるようになった」という人がいます。人間関係のステップ5に来て、ステップ1の親の気持ちを今さらながらに理解するのでしょう。

そのように、自分が親の立場に置かれることで、やっと親の気持ちがわかるというのが、世間のお決まりのパターンのようです。しかしそれ以前に理解できればもっといいのではないかと私は思うのです。そうすれば、「親孝行できなかった」とあとで悔やむこともなくなるのではないでしょうか。

親のありがたみ、家庭のありがたみについては、親が子どもに教えてもいいのではないかと思います。もちろん押しつけがましく言っては逆効果ですから、言い方には気をつけなければなりません。

たとえば幼いわが子が、人間関係のステップ2の友だち関係を持つようになり、あるときけんかをして帰ってきたとしましょう。そのとき親は、「友だちは思いどおりにならないものだよ。そんなわがままを言えるのは家だからなんだよ」と教えるといいのです。

すると子どもは、わがままは外では通用しないこと、世の中にはいろいろな考え方の人がいることなどを、幼いなりに理解するでしょう。そして、家族のありがたみというものも、肌で感じていくのです。

第6章

絆は死をも超えられる

一、一度結ばれた絆は永遠に消えない

霊的真理がもたらすもの

人はみな、一人で生まれ、一人で死んでいきます。どんなに深い絆で結ばれた人とも、死の時期は別々です。

そのため人は、人生において「死別」を幾度も経験することになります。愛する人に先立たれる。愛する人を遺《のこ》して自分が逝く。これを避けて生きることは誰にもできません。

死別は、数ある試練のなかでもっともつらい出来事の一つではないかと思います。今まさに、大切な人を喪《うしな》った悲しみに暮れている人も多いことでしょう。

そういう人にこそ理解していただきたいのが霊的真理です。

肉体が朽ちてもたましいは永遠に生き続けること。この世がすべてではなく、死後に帰る「あの世」こそが私たちのたましいのふるさとであること。そして一度結ばれたたましいの絆は、死をもっても分かつことができないこと――。

こうした真実を知っているのと知らないのとでは、悲しみの癒え方がまったく違ってくると思うのです。

この世がすべてだと思うと、人生で味わう苦痛というのは本当に耐えがたいことばかりです。わけのわからない災難に次々と見舞われ、右往左往するだけが人生だとさえ思えてきます。

しかし霊的真理の視点を持つと、どんなときも自分は決してひとりぼっちではなく、どんな苦しみや不幸に思える出来事にも前向きな理由があるのだとわかります。すべての出来事の究極の目的は、私たち自身のたましいの成長と、私たちが本当の幸せを得ること。そのために霊的法則という、愛に満ちた神秘の働きが、とてつもない規模で作用しているのだとわかると、人生に大きな信頼と安堵感《あんどかん》を持てるようになるのです。

死別との向き合い方も変わります。故人のたましいは今も生きていて、あの世で幸せに暮らしているとわかりますから、深い悲しみも乗り越えられるのです。

故人はあの世から私たちを見守っているのだから、遺された自分の人生に勇気をもって立ち向かおう。今も二人を結んでいる目には見えない絆をいつまでもあたためよう。そう思えてくるのです。

人生に試練はあっても不幸はない

霊的真理を理解して生きていれば、人生に不幸はなくなります。自分を磨いてくれる「試練」はあっても、「不幸」はないとわかるのです。

私はつねづね、人生で一番の幸せとは「恐れるものがないこと」だと思っています。

この世で言う幸せは、物質的な幸せばかりです。成功すること、名誉やお金を得ること、健康で長生きすること、美しさや若さがあること、すてきな恋人がいること、家族とにぎやかに暮らしていること。これらはすべて、いつ失ってしまうともわからない、はかない幸せです。

本当の幸せは、これらを失うことをも恐れないことです。もしこれらを失っても不幸と思わない、強い心を持っていることです。こうした強さは、霊的真理を本当に理解してこそ持てるのです。

もっとも、そこまで達観することは、この世に生きている人間である限り、きわめて難しいことです。しかし、一歩ずつ学びながら、その境地に近づいていくことはできます。そのために私たちの人生はあるのです。

こうした霊的視点をふまえたうえでも、人生になにか「不幸」なことがあるとすれば、それは、人が試練に遭っているときに抱く「感情」ではないかと思います。

たとえば交通事故で大切な人を亡くしたとします。そのときに加害者に対して湧く憎しみ、故人に対する哀れみ、遺された寂しさ、「こんなことが起きなければ」という悔しさ。こうした感情が、もっとも苦しく、不幸なものではないかと思うのです。

霊的真理をあるていど理解している人でも、生身の人間である限り、こうした感情にさいなまれてしまうものです。とても切ないことですが、そこで葛藤《かっとう》すること自体が、その人のたましいをまた一段と輝くものへと磨き上げるのです。

死そのものは不幸ではありません。もといたあの世へ、たましいが里帰りするというだけのこと。それは霊的視点から見れば、むしろ喜ばしい出来事です。

そしてまた、どのように不幸に見える死も、自殺などの一部の例外を除いては、本人が「宿命」として決めてきた寿命であるということを、静かに受け容れたいものです。

中途半端な「スピリチュアル」は危険

霊的真理はこのように、私たちに勇気と安堵感を与えてくれる叡智《えいち》です。

おかしなたとえかもしれませんが、病院で注射を打たれるときのことを想像してみてください。なんの心の準備もないときに、不意に、なんのための注射かもわからない注射を打たれたらどうでしょう。理不尽ですし、抵抗せずにはいられませんし、なにより痛くて怖くてたまらないのではないでしょうか。霊的真理をまったく知らない状態で人生の試練に遭うと、これに似た心境になるものです。

「この注射はあなたをよくするためのものですよ」と知らされてから打たれれば、多少の痛みや怖さは乗り越えられます。むやみに抵抗すればよけい痛みが増しますから、落ち着いて針を受け容れようという心境にもなれるでしょう。これと同じように、霊的真理がわかると、わかる以前に比べて、より理性的に人生の試練に立ち向かい、乗り越えていくことができます。

単行本を出版した二〇〇七年ごろ「スピリチュアルな考え方は、人生からの逃避に結びつくのではないか」という批判を耳にすることがありました。たしかに間違って受けとめてしまっている人にはその危険性があるかもしれません。

相変わらず今も、スピリチュアルは一種のブームのようになっています。ありとあらゆるところで「スピリチュアル」の文字を目にします。そのなかには私が基盤としている「近代スピリチュアリズム」の人生哲学とは大きくかけ離れた、単にオカルト的なものや、夢見心地な魔法として扱われることも多いようです。そこには「たましいの成長」や「大我」といった視点がまったくありません。

それなのに、自分に都合のいい「幸せ」を叶えてくれる魔法のようなものが「スピリチュアル」であると中途半端に解釈し、すっかり依存している人が少なからずいることは、私自身、非常に残念ですし、危惧《きぐ》してもいます。

しかし、人生哲学としてのスピリチュアリズムを正しく理性的に得心した場合には、それは人生に対する恐れをぬぐい去り、縦横無尽に生きる勇気と自由を与えてくれる、人生の強い味方となるのです。逃避どころか、なにごとも受け容れつつ、大胆に挑戦していく生き方を選べるようになるのです。

故人はあの世で「生きて」いる

死別の話に戻りましょう。

死別をひどく悲しむ人は、その人がいなくなったと思うから、悲しいのだと思います。または、あの世で故人が苦しみ、寂しがっている気がするからつらくなるのだと思います。

しかし故人は、ほとんどの場合、あの世で幸せに生きています。故人の守護霊や先祖霊たちがあたたかく出迎え、霊的世界になじむように導いてくれているので決して孤独ではありません。先に亡くなった人たちとも、向こうで再会を喜び合っていることでしょう。

つらい闘病の末に亡くなった人も、苦しみから解放されてすっかり元気になっています。からだに不自由なところがあった人も、肉体がもうないわけですから、あの世ではあらゆる感覚が冴《さ》え渡《わた》り、あらゆる動作が思いどおりにできるようになります。心の苦しみは、はじめのうちはまだ残るかもしれませんが、少なくともからだに関する苦しみからは完全に解放されるのです。

ただ、なかにはあの世にまだたどり着いていない霊もいます。お迎えが来ているのに、頑固にこの世をさまよっている霊です。生前「死んだらすべては無になり、あの世なんて存在しない」とかたくなに信じていた人ほどそうなりがちです。

また、この世に強い執着がある故人や、自分が死んだことに気づけないままでいる故人のたましいも、未浄化霊となってさまよいます。

そうでない限り、故人はあの世で幸せにしていますから、心配することはありません。

そういうことを重々承知していても、死別が悲しくて仕方がないとしたら、それは相手を思っての悲しみなのではありません。自分自身をかわいそうに思っての悲しみなのです。厳しいようですが、旅立ったその人に依存しているのです。

もっとも死別してまもないうちは、その人の不在が寂しくてならないのは無理もないでしょう。しかし故人とは、いつか自分が死んだあと、必ずあの世で再会できます。そして今も、遺してきた人たちのことをあたたかいまなざしで見守っているのです。あの世とこの世に別れていても、絆は失われていないのです。

故人の個性は今もそのまま

私はよく、さまざまな人に、死んだ家族や恋人の声を聞きたいといわれます。「あの世でどうしていますか？　私たちになにか伝えたいことがあるのではないでしょうか」と。

その気持ちはとてもよくわかります。いつも当たり前のように会話していた相手であるほど、今の気持ちを聞きたい、自分への言葉がほしいというのは当然の思いでしょう。

ただ、そういう人たちに理解していただきたいのは、人は死んでもたましいは生き続けるし、個性もそっくりそのまま存続するということです。となれば、今の心境についても、生前のつき合いからあるていどは想像できると思うのです。

あの人ならどうしているか。あの人ならどう考えているか。あたかも今その人のそばにいる気持ちで想像してみることです。

たとえば、生前、ものごとを素直に受け容れ、新しい環境に順応していきやすかった人は、死後もあの世の暮らしにすんなりとけこめているでしょう。

好奇心旺盛《おうせい》で、友だちも多かった人は、死後、あの世のあちこちを飛びまわり、すでに亡くなっている友だちと再会を喜び合っていることでしょう。

頑固で「あの世などありえない」と言っていた人は、いまだにこの世をさまよっているかもしれません。その場合は供養する人たちが、いつまでもこの世にいても仕方がないことや、あの世というものが本当にあって、早くそちらに向かったほうがいいということを、故人のたましいに伝えてあげたほうがいいでしょう。

「ぼく（私）が死んだらみんなのことを忘れないよ」「ずっと見守っているからね」と言っていた人は、今も実際にみんなを忘れず、見守ってくれているはずです。

このように、霊能者を介するまでもなく、生前の故人の性格や言動から想像できることはいくらでもあるのです。故人と本当にわかり合えていた人ほど、その想像には誤差も少ないでしょう。

「虫の知らせ」と「ラップ音」

また、「便りのないのはよい便り」だともいえます。故人のほうから緊急にこちらに伝えたいことがあれば、あの手この手であの世からメッセージを送ろうとするものだからです。それがない限りよけいな心配は要りません。心配ばかりしていると、かえって故人に心配をかけてしまいます。

故人からメッセージを送ってくる方法はいろいろありますが、そのうち代表的ないくつかを挙げてみます。

一つが、いわゆる「虫の知らせ」というものです。

あるとき、急にその人のことが思い出され、気になってならない。その後すぐにその人の訃報を聞くといったようなことは「虫の知らせ」の典型です。

または、なんとなく胸騒ぎがして旅行をとりやめた。ちょうどそのとき、行く予定だった場所で災害が起きた、などということもよくあります。

そういうときは、親しかった故人や、守護霊などが、あの世から注意を呼びかけてくれているのです。霊的存在がいつも私たちを見守り、導いてくれていることの証拠です。

二つめは「ラップ音」です。これは霊的感覚によって感知される音で、現実の物理的現象によって鳴っている音ではありません。

ラップ音は、霊が私たちになにかを知らせているチャイムのようなものです。そのほとんどは、恐れる必要のまったくないものです。

ラップ音の音色にもさまざまなものがありますが、だいたいの傾向としていえるのは、大きいラップ音には急用を伝える意味があるということです。私自身にもこんな経験があります。学生時代、警備のアルバイトをしていたら、突然、天井からなにか大きなものが落ちてくるような、ドーンという音が響いたのです。その直後に姉から電話があり、叔父の死を知らされたのでした。

小さいラップ音は、霊からのちょっとした語りかけです。チリンという鈴のような音や、チャリーンといったきれいな金属音は、霊がなにかについてほめてくれています。

「複体」が夢枕に立つことも

故人がメッセージを伝えてくる方法の三つめは、「複体」「ドッペルゲンガー」などと呼ばれる現象です。今まさにこの世を去ろうとしている人のたましいが、しばしばこの現象を利用します。幽体を肉体から離脱させ、お世話になった人、親しい人たちのもとを訪ねまわり、お別れをするのです。霊的世界には時間も空間もないので、同時に複数の場所に現れることも可能です。

典型的なのが「夢枕に立つ」というもの。ある人が夢枕に立ち、すぐあとでその人の訃報を聞くというのはよくある話です。

「複体」はこんなふうに現れることもあります。知り合いを街で見かけて、「ああ、あの人、久しぶりに見るけど、元気なんだな」と思ったとします。ところがその後、その人が亡くなったという連絡が入る。しかも亡くなったのが、街で見かけたちょうどそのころだったりするのです。この場合、街で見たのは本人そのものではなく、本人の肉体から離脱していた幽体だったのです。

専門的な話になりますが、そのとき視《み》えた姿は、本人の幽体でない場合もあります。本人の守護霊などが、代理としてその人の姿をとり、この世の人たちにお別れを伝えることがあるのです。

夢のなかで故人と会う

四つめに、故人がこの世の人の夢に出て、なにかを伝えてくるということがあります。これも先述の「スピリチュアルミーティング」（85ページ参照）の一種です。

夢のなかで故人と「スピリチュアルミーティング」をしたとき、相手のメッセージが、起床後の記憶にもはっきりと言葉として刻まれていればいいのですが、そうでないことも多いものです。そういうときは、夢の全体的な雰囲気がどうだったかを思い出すといいでしょう。

夢の場面が明るくて、さわやかで、故人の表情や様子も幸せに満ちた感じだったら、故人が「元気だよ」「見守っているよ」と伝えてきていると見ていいです。

夢の場面がどこか暗くて重苦しく、故人にも怒りや恨み、心配といった表情が浮かんでいたら、なにかよくないことを伝えているのかもしれません。故人が浮かばれない思いをしているということかもしれませんし、こちらに対し、「今の生活を改めなければならないよ」などと警告していることもあります。

ただ、これもあてにしすぎないでください。夢に故人が出てきたとき、それは実際に二人のたましいがあの世で会っている「スピリチュアルミーティング」である場合もありますが、そうでない場合も多いからです。

人はよく、試験が気になってならないときに、試験問題が解けない夢を見たりします。こういう夢を私は、自分自身のストレスや思いグセを反映した「思いグセの夢」と呼んでいます。

故人に対し、申しわけなかった、許してくれないのではないかなどと気に病んでいるときにも、浮かばれない故人の顔を「思いグセの夢」として見てしまうことがあります。これは「スピリチュアルミーティング」ではありません。夢に見たのは自分が作った故人のイメージであり、実際の故人の思いはまったく違うかもしれないのです。

あるとき、「夢のなかで夫が暗い顔をしていました」という女性の相談者がいました。霊視すると、そのご主人は、あの世でとても元気にしていて、暗い顔どころか、奥さんに励ましまで送っていました。それなのに奥さんは、自分のなかに「夫に尽くし足りなかった」という後悔があるものだから、そんな「思いグセの夢」を見てしまったのです。

夢の解釈には思い込みは禁物だということを示す、いい例ではないでしょうか。

二、悲しむよりも大切なこと

すべての死は平等

大切な人を亡くしたとき、必ずといっていいくらい胸に迫ってくるものとして、悲しみのほかにもう一つ、後悔の念があるのではないかと思います。もっとやさしくすればよかった、もっと思いを伝えればよかった、もっとなにかしてあげられたのではないか、もっと、もっと……と、後悔の種は尽きません。

しかしそれがふつうだと思うのです。どんなに尽くしたと思っても悔いは残るもの。なかには、「できることはすべてしてあげられました」と胸を張れる人もいますが、めったにない幸いなことといえるでしょう。

こういうふうに思えるのは、故人が長患いの末に亡くなった場合です。家族や周囲の人たちは、長きにわたる介護に疲れ果てるかもしれませんが、大変だった分、しっかり看取《みと》れた充足感というごほうびを与えられるのです。

反対に、後悔が多く残るのは、事故による即死や突然死などで大切な人を亡くした場合です。あまりにも急すぎて、日ごろの感謝も、けんかのおわびも伝えられなかった。「さよなら」の一言さえ言えなかった。これはとてもつらいことだと思います。

その代わり、即死や突然死の場合は、家族や周囲の人は、本人が苦しむ姿を長いこと見続けるつらさは味わいません。本人もあっというまに亡くなっているので、死そのものにまつわる苦痛は、生きている私たちが想像する以上に少ないものです。

このように、長患いにも、急死にも、それぞれにつらい面もあれば、幸いな面もあります。私はつねづね、死にはいろいろあるけれど、トータルで見れば、どんな死もすべて平等ではないかと思うのです。

悲しみを感謝に変える

先述のように、いつまでも死別の悲しみから立ち直れないとしたら、それは亡くなった人に対する依存心があるからです。霊的真理を理解すれば、故人について心配する必要はないとわかります。それでも立ち直れないとしたら、厳しいようですが、自分が悲しいから泣いているのです。

後悔の念も、悲しみを長引かせるもととなります。気持ちはわかりますが、いつまでもうじうじするのは禁物です。反省はたしかに必要。しかし反省が済んだら早く気持ちを切り替えたほうがいいのです。ここでも大事なのは、感情よりも理性です。

気持ちを前向きに切り替えることは、故人のためにもなります。故人はこちらの気持ちをわかっていますから、いつまでも悲しんだり、後悔したりしていると、この世に後ろ髪を引かれてなかなか浄化しにくくなるのです。

とはいえ、悲しみは自然に湧いてくる感情です。止めることはなかなかできないかもしれません。ではどうしたらいいかというと、感謝に変えるのです。こんなに悲しむくらい、深くつき合わせてもらった。こんなに涙があふれるくらい、いい思い出をたくさんもらった。そのことに心から感謝することが大切なのです。

そして、自分の依存心を反省し、自立することです。その人の死が、もう生きていけないと思うくらい悲しいということは、それだけその人への依存心が自分のなかにあったということ。きっと生前も、知らず知らずにその人に依存していたに違いないのです。

もちろん依存心は誰にでもあります。どんな人間関係も、基本は迷惑のかけ合い。人生の時間の一部を多少なりとも共有する相手とは、しょせんは持ちつ持たれつの関係なのです。お世話になったりお世話したり、影響されたり影響したり、お互いさまなのです。

ですから、反省しすぎて落ち込むこともありません。それより、依存していた自分に気づいたときがチャンスだととらえましょう。「ごめんね、依存していたみたい。その分これから自立して生きるからね」と故人に伝え、それを機に大人になりたいものです。

故人への感謝を表す方法

故人への感謝や後悔の気持ちは、生前に伝えられなかったとしても、永遠に行き場を失ったわけではありません。今からでもいくらでも伝えることができます。故人のたましいは生きていますし、あの世にいながらもこちらの様子を見ていて、こちらの心のなかまで読みとっているからです。

伝えたい思いは、お墓や仏壇に向かって話すのもいいですし、そこへ行く時間がなければ、今いる場所からでも大丈夫。お墓や仏壇は、あの世にいる故人のたましいと意思を通わせるアンテナのような場所ですが、実際はどこにいても思いは通じます。

故人への感謝を表す、もう一つのいい方法があります。それは、今この世に生きている、ほかの人たちとのかかわりを大切にすることです。

もっとやさしくすればよかった。もっと日ごろから感謝の気持ちを伝えていればよかった。どんなに大切な人か、一度も本人に言ったことはなかった。さまざまな後悔があるかもしれません。その後悔を前向きに生かす道は、その人にしてあげたかったことを、今まわりにいる人たちに対してすることです。

今まわりにいる人たちにやさしくする。日ごろの感謝を伝える。自分にとって相手がどんなに大切な人かを表現する。それはそのまま故人の死が教えてくれたことへの感謝の表現ともなります。感謝を表す一番の方法は、行動なのです。

死別後の悔やみをなくす唯一の方法

今の時代、みんなが忙しすぎて、時間的にも精神的にも余裕を失っています。するとどうしても人間同士の絆が薄くなってしまうのです。特に家族との絆の大切さは見失われがち。職場の人とすごす時間が家族以上に長いなどというのはざらではないでしょうか。

そんな毎日に流されているこの世の人たちは、人生がとにかく短いものだということをわかっていません。頭でわかっていても、ふだんから意識してはいません。私は講座や講演などで、いつも会場のみなさんに「ぼやぼやしていると、あっというまに死んじゃいますよ」と冗談まじりに話します。こう話すことで、日ごろ忘れがちになっている「人生は有限なものである」ということや、毎日思いを込めて生きていかなくてはいけない、ということを示唆しているのです。

本当に人生などあっというま。しかも一寸先は闇ですから、いつ誰が他界するかわかりません。そう思うと、「ありがとう」「ごめんね」というちょっとした言葉も、今言っておかないといけないと思えてきます。言葉をケチっていてはいけないのです。

そういう改まった言葉を面と向かって言うのは親しい仲であるほど照れますし、「なんだかシャク」という、わけのわからない意地も邪魔をします。それで後回しにしていると、とうとう伝える機会をなくしてしまうかもしれないのです。

人と会っている瞬間というものがどれだけ大切かを、私たちはもっと意識しなければならないのではないでしょうか。今、目の前にいる人と、明日も当たり前のようにまた会うかもしれない。しばらく会えなくなっても、一年後にひょっこり再会するかもしれない。でも、今日このときが最後だという可能性もじゅうぶんあるのです。

会っている瞬間にどれだけ思いを「込める」かをつねに意識して人とつき合うことが、死別のあとの悔やみをなくす唯一の方法です。

目の前にいるこの人と、今日が最後の面会になったとしても悔やまない。けんか一つするにも、もう二度と会えなくなるかもしれないと覚悟したうえでする。

どんな人とも、そんなつき合い方をしていきたいものです。

三、切磋琢磨はあの世でも

死後は会いたいたましいと会える

大切な人に先立たれても、お互いの絆は永遠に続くと書いてきました。これは自分が先に他界する場合ももちろん同じです。自分の死が、この世に遺していく人との絆を分かつことはありません。

では、あの世にいるたましい同士はどうでしょう。

第1章に書いたように、あの世は、波長の異なる無数の階層に分かれています。あの世に帰ったたましいは、みずからの波長の高さにぴったり合った階層に平行移動するのです。この階層は非常にはっきり仕切られていて、自分の波長に応じた階層以外には、基本的には行くことができません。霊的世界は厳然たる差別界なのです。

この話をすると、「では死後の世界では、たとえ家族でもいっしょに暮らせないんですか？」とよく聞かれます。

答えからいうと、「できません」。家族であってもたましいは別々ですし、階層、つまりたましいの成長度合いも一人ひとり違うからです。この世でどんなに仲のよい家族だったとしても、あの世でいっしょにすごすことはできません。どんなに愛し合った恋人同士であってもです。ただし「面会」はできます。会いたいというテレパシーがお互いに通じ合ったときに、階層の違いを超えて会うことができるのです。

かわいがっていたペットとも面会は可能です。動物には動物の死後の世界がありますから、ふだんいるところは別々なのですが、ペットのたましいとの絆も永遠に残りますから、面会もいくらでもできるのです。

あの世の人間関係は気楽なもの

私たちが死んであの世へ帰ると、あの世の入口では、自分自身と縁のあるたましいが必ず出迎えてくれます。これが、あの世での最初の「面会」です。自分より先に死んでいった人たちのなかから、もっとも親しかった人、もっとも心を許せる人、大好きな人が先頭を切って出迎えてくれるのがふつうです。

その後も、会いたいたましいとはいつでも面会することができます。そのときのお互いの関係は基本的にはこの世にいたときと変わりません。ただ、この世という場所で会うのとはわけが違います。「じゃあ呑《の》みに行こう」とか、「みんなで集まって遊ぼう」といった俗っぽいものではないのです。

あの世に行くと、そこはもう物質界ではないので、意識が変わります。たとえばこの世のようにお金を得る必要がありません。ということは働く必要がないから、人に対する競争意識もなくなります。社会的立場もありません。だから自然体で向き合えるのです。

低い階層には、まだ現世的な意識を持ち続けているたましいが多いので、人に負けたくないという情念も残っていますが、一定以上に浄化されたたましいの階層では、素のままでつき合えるようになります。

そもそもあの世は、嘘《うそ》や秘密が通用しない世界です。テレパシーでお互いの心のなかまで見え見えなので、隠し立てが利きません。だからもう飾る必要もなく、開き直ってざっくばらんに語り合えます。

この世のことにたとえると、同じ会社を退職した同僚と久しぶりに会うようなもの。勤めていた当時は立場があったため、言えないこともあったし、競争意識や見栄《みえ》もあった。けれど、退職した今となってはそんなものはもう関係ありません。遠慮もタブーもなく語り合えます。「あのとき実はさ……」と本音も言い合えます。あの世でかつての友だちなどと面会するのは、これとよく似ています。

あの世に帰ったたましい同士のつき合いは、とても気楽なものです。ともに人生をたどぶり返り、あのときはこうだったよね、ああだったよね、こうすればよかったかな、などと会話しながら、内観を助け合います。

先にあの世に帰ったほうが、あとから来たほうにアドバイスすることもあります。二人のうち波長の高いほうが、上の階層の様子を相手に教えることもあります。すると下の階層にいるほうは、自分もがんばって早く浄化向上し、上に進もうと思うものです。

このように、あの世に帰ってからも、たましい同士の切磋琢磨は続くのです。絆が永遠ということは、切磋琢磨も永遠に続くということにほかなりません。

憑依現象も切磋琢磨の一つ

ここで憑依《ひょうい》現象の話をします。

憑依というと、やたらと恐れる人が多いのですが、本来、怖いものではありません。オカルト映画やホラー映画には、ポルターガイストの恐ろしいシーンがよく出てきますが、あそこまで過激な現象はめったに起きないのです。私たちがごくふつうに生活していて、ふつうの街を歩くだけなら、たちの悪いやくざに会わないのといっしょです。たとえ会っても、ふつうはただすれ違うだけでしょう。

怖いやくざにひどい目に遭わされるのは、やくざの巣窟《そうくつ》となっている夜のネオン街に、わざわざ自分から出向き、やくざの事務所に乗り込んで行ったときだけです。ただでさえ荒っぽいやくざを刺激したのでは、ひどい目に遭わされても仕方がありません。

オカルト映画クラスの憑依現象に遭うのもこれと同じ。自殺の名所や心霊スポットにわざわざ出向いたり、面白半分にこっくりさんのような遊びをしたり、わら人形を打つような呪術に手を染めたりすると、低級霊たちが刺激され、それをした人に悪さをするのです。

そういった極端なものではない、ごく軽い憑依現象なら、私たちはそれこそ日常的に経験しています。自分では気づいていないだけなのです。

意外に思うかもしれませんが、憑依現象というのも、実は本書のテーマである切磋琢磨の一つです。憑《つ》く霊と憑かれる人間が、お互いに組み合って経験と感動を味わい、たましいを向上させていくという、とても前向きな学びなのです。

第7章

今こそ絆を結び直すとき

一、人間の絆が変質している

「大我」が発揮されない時代

本書のはじめに書いたように、人は、人とかかわるために生まれてきます。人と切磋琢磨しながらたましいを成長させることが、人生の一番の目的なのです。ところが昨今、あらゆる場面で、人間同士の絆が変質してしまっているように思えてなりません。自分さえよければよく、人との絆を大切にしない。相手に求めるばかりで、自分から与えるということをしない。人を恐れ、人ときちんと向き合うことができない。そんなふうに、一人ひとりが「小我」のかたまりになってしまっているのです。

そもそも、自分自身と向き合う時間さえほとんどないのが現代人だとはいえないでしょうか。来る日も来る日も、ただ日課をこなすことで精いっぱいで、まるで濁流に押し流されるようにして生きている。みんなが忙しすぎるのです。

情報も多すぎます。あの情報、この情報にふりまわされてはみんなが右往左往。自分のたましいの声に耳を傾けることなど、どんどん後回しになっています。電車のなかでも、レストランでも、街を歩きながらでさえ、携帯電話の画面から目を離せない人たちをよく目にしますが、彼らはいったいいつ自分の心と向き合っているのでしょうか。

物騒きわまりない世相からも、たえずわが身を守らなければなりません。他人を思いやるのはそのあと、ゆとりがあったときにといったていどになりがちです。

人間ですから、みんなたましいのなかに「大我」を持っているのです。どんなに見失いそうになっても、「神」のエネルギーは、ちゃんと自分のなかにあるのです。

しかし今の時代、自分を正常に保つことにエネルギーの大半を奪われ、「大我」が発揮されにくくなってしまっているのです。

物質主義的価値観が世の中を変えた

すべての元凶は、今のこの世にはびこっている物質主義的価値観です。

物質主義的価値観とは、物質的な豊かさや、便利さ、効率性を至上のものとして崇《あが》める価値観のことです。

この対極にあるのが、心やたましいを重んじる、精神的価値観、霊的価値観です。これはやさしさやあたたかさ、ゆとり、真・善・美といった、目には見えないけれど、人間の心を本当に豊かにしてくれるものを大切にする価値観です。

日本人は、もともとは、精神的価値観をとても大切にする人たちでした。自然の力、科学を超えた大いなる力に畏敬《いけい》と感謝の念を抱いて暮らしていたのです。たとえば子どもを叱《しか》るとき、昔の人は「お天道《てんとう》さまが見ているよ！」と言ったものです。また、言葉の持つエネルギーを「言霊《ことたま》」といって、非常に大切にしました。お正月に玄関に神のよりしろとしての門松を飾るなどの風習のなかにも、目には見えない大いなる力への敬いの心が息づいています。

ところが戦後の日本人は、精神的価値観をすっかり置き去りにして、物質主義的価値観のとりこになってしまいました。そして目覚ましい経済成長を遂げてきた結果、日本は世界的な経済大国になり、モノと情報があふれ返るなかで、私たちは今ここに生きています。

しかし、それで本当に私たちは豊かになったのでしょうか。便利な道具がこれだけ増えたのに、なぜこんなに私たちは日々忙殺され、心も満たされないのでしょう。

かつては心を重んじた国だった

私が子どものころは、世の多くのおとうさんたちは夕方に帰宅したものです。今のように二十四時間営業のコンビニエンスストアもなく、夜になれば外はまっ暗でした。それが当たり前だったので、なにも不自由は感じませんでした。

毎日のように、家族みんなで食卓をかこむ時間がありました。ところが今はどうでしょう。真夜中まで電車やバスが走るようになりました。そのためいくらでも残業できるようになっていきました。それにともない、家族ですごす時間はいつのまにか削られていきました。

お店には新製品が次々に並び、そのサイクルも縮まる一方です。新製品を持っていないと時代遅れな人と見なされる風潮もあります。

高度経済成長期は、電気冷蔵庫、電気洗濯機、白黒テレビを手に入れることが、多くの日本人の目標でした。それらは「三種の神器」と呼ばれるくらい、燦然《さんぜん》と輝く憧《あこが》れの存在でした。便利なモノが幸せをくれると、無邪気に信じることのできた時代だったのです。

しかし今や、モノをどれだけ手に入れても、それが本当の幸せをもたらさないことを、日本人は、すでに長年の経験から痛いほどよくわかっています。

人間が霊的存在である限り、どんなにたくさんのモノが手に入っても、心は満たされないのです。人間の心を満たすのは、モノではなく愛なのです。

「愛の電池」がどんどん枯渇していく日本人。もうこのへんで、愛の大切さ、人との絆の大切さを思い出し、人間としての原点に立ち返るころではないかと、多くの人が気づいてはいるのです。しかし「愛の電池」不足による誤作動のため、物質的な欲望をコントロールすることさえもできなくなっている人がそれ以上に多い。それが日本の現状ではないでしょうか。

終わりのない悪循環のなかで、本当の宝を失っていく私たち。便利な道具は私たちに自由をもたらさなかったどころか、かえって物質主義的価値観にがんじがらめの不自由な世の中をつくってしまっています。

このまま行ったら、いったいどんな世の中になってしまうのかと、私は恐ろしくてなりません。そう遠くない将来に、現代人がその傲慢さを涙であがなうときが来る。このごろはそんな気さえしてならないのです。

今の日本人は「言葉けち」

街を歩いていると、携帯電話の画面を見たり、ヘッドホンで音楽を聴きながら歩いている人にたくさん会います。彼らは人とぶつかりそうになっても気づきません。ぶつかっても謝りません。「すみません」というたった一言だけでお互いが気持ちよくなれるのに。

彼らにしても、そういう気持ちがまったくないわけではないと思います。話してみると、案外やさしい心を持っていたりもします。ただ、ちょっとした言葉をかけ合う習慣を失ってしまっている。いわば「言葉けち」になっているのです。これは今の日本人全体の傾向ではないかと思います。

外国人が日本に来ると、日本人はみんな怒っているように見えるそうです。逆に日本人がハワイのような旅行先に行くと、初めて会う人とでも笑顔であいさつを交わし合う気さくな空気に驚かされます。

もともと日本人は「言霊」を重んじてきた民族のはず。今なぜそれができないのでしょうか。

これもやはり戦後からの物質主義的価値観のためだと思います。忙しくなって、心の余裕がなくなってしまったのです。自分に余裕がないときに人とかかわるのは面倒なのです。

まして競争社会です。「ごめんなさい」と言ったら自分の負けを認めることになるし、「ありがとう」と言うと相手をつけ上がらせる。そんな戦々恐々とした心理が人々の心のなかにあるのです。「ありがとう」のたった一言でお互いが気持ちよくなれるのに、そう思えないほどゆとりをなくしているのです。

家庭の変化が言葉を退化させた

「言葉けち」が増えた原因は、もう一つ、家庭におけるコミュニケーションにもあります。

今の親は外での経済活動に忙しく、子どもに対する接し方にもゆとりがありません。そのため、たとえば子どもに水を出してあげるときに、本当なら子どもが自分から「水が飲みたい」と言ってから出すべきなのに、言われる前にさっさと出すようになるのです。自分に時間がないものだから、子どもの自発的な言葉を待つことも面倒で、「はい、水。いいから早く飲みなさい」などと、手っ取り早く済まそうとしてしまうのです。

親の自分勝手なリズムに従わされてきた子どもは、「水が飲みたい」と表現したり、「ありがとう」とお礼を言うことを訓練する機会を失います。そして、なんでも受け身で待つような人間に育っていきます。

人間は、文明の進歩とともに、身体的な機能を退化させてきたといわれますが、これは言葉にもあてはまるように思います。便利なものが増えすぎると、言葉も退化するのではないかと思うのです。すると脳や心も退化し、人の心などますますわからなくなり、わかろうともしなくなる――。「言葉けち」も、かなり深刻な問題を秘めていそうです。

インターネットで本当の絆は結べるか

今の世の中で、新しいコミュニケーションのあり方としてもてはやされているのがインターネットです。現代人は、街で、家庭で、ちょっとした言葉をかけ合うことすらしなくなったわりには、この世界は大盛況で、無数の言葉がひっきりなしに飛び交っています。

お互いに顔が見えないし、素性も明かさなくてもいい。好きなときに好きな場にだけ出ていけばいい仮想社会。そんな気軽さから、現実の友だちづくりは苦手だけど、ネット上にはたくさんの「友だち」がいる人も多いようです。

私自身はこの風潮を非常に危惧しています。インターネットという仮想社会は、コミュニケーションの本質を歪めていく気がしてならないのです。

インターネットはもちろん便利なものですし、私も仕事などの実用面では大いに活用させていただいています。しかし、たとえば匿名の掲示板のように不特定多数の人たちが言いたいことを一方的に言い放つだけのサイトは、見ることさえしません。

こういうサイトでは、人間のよい面ではなく、暗いほうの本性が発揮されやすいため、内容がネガティブな方向にエスカレートしていきがちです。真偽をたしかめたわけでもない情報を無責任に垂れ流し、誰かを傷つけても知らんぷり。なんと恐ろしい世界かと思います。

ただ、こうしたコミュニケーションにはまる人たちは、ある意味でとても素直な人たちだとは思います。人間にとって、現実の生活で人と会うということは、憩《いこ》いともなりますが、ある種の構えも求められます。そのため、繊細な人ほど人と会うのが怖くなりやすいのです。ふだんは明るくて社交的な性格の人でさえ、意気消沈しているときは、まず人に会うことを避けたくなるものではないでしょうか。ネットの匿名掲示板などに集まる人たちは、そうした、人に対する恐れを素直に表している人たちだと思うのです。

でも、そういう場で人間同士の本当の絆はつくれないということだけは、理解しておいたほうがいいと思います。PCの文字に「言霊」は宿らないからです。「言霊」の宿らない言葉からは、表面上の意味だけが独り立ちして暴走していきます。もともとの真意は誤解され、曲解され、ややこしいトラブルの火種となります。

もちろん、文章力しだいでは、ある程度正確な伝達も可能でしょう。また、実名をきちんと掲げて、自分自身を一〇〇パーセント開示し合ううえでのコミュニケーションなら、みんながマナーをわきまえますから、大きなトラブルも起きにくいと思います。

しかし、現実にあるネット上のコミュニケーションの大半はそうではありません。まずその根底に、強い「共依存」の構造があることが問題です。厳しいようですが、しょせん「同病相憐れむ」で、傷口のなめ合いの域を出ないのです。

ネット上のコミュニケーションを思うとき、私はいつも、かつて観た映画『ホテル・ニューハンプシャー』を思い出します。映画の登場人物は心にトラウマを持っていて、ずっとマスクをしたまま自分を出さずに生きていました。インターネットもこれと同じ。みんながマスクと着ぐるみの姿でコミュニケーションしている虚構の世界なのです。

二、家庭や地域社会の変貌

子どもにとって親が「うざい」理由

最近の子どもたちに食事どきの絵を描かせると、そのシーンのなかでは、必ずといっていいほどテレビがついてるそうです。このことからわかるのは、今の多くの家庭では、食事どきにテレビをつけているということ、つまり家族の会話がないということです。いつも一人でご飯を食べている子も珍しくないといいます。まだ小さな子どもにとって、一人の食卓や、家族がいても会話のない食卓ほど寂しいものはないのではないでしょうか。

これから成長して社会に出ていく子どもたちが、現実にそういう環境にいるのです。コミュニケーションの基本を学ぶ場である家庭がこのようでは、子どもたちは今後どうやって人と心を通わせたらいいのかわからないのではないでしょうか。

子どもたちはいつでもその時代の大人たちの被害者です。「家族の会話が消えてしまった」といって悩む親はよくいますが、親が子どもとゆったり会話する時間を持とうとしていないのだから当然です。「子どもの気持ちがわからない」という声も聞きますが、ふだんの会話が少なければ当然でしょう。

それでいて、テレビでいじめの問題について報じていたりすると、ふだんろくに子どもと接していない親に限って、「あなたは大丈夫？　悩みはないの？」と、刑事さながらに尋問するのです。さらに、「なにかあったらおかあさんに言ってね」「おとうさんは味方だからな」などとたたみかける。

そういう親を、子どもたちは「うざい」というのです。ふだんはろくにかまってもくれず、基本的な信頼関係さえ築きようがないのに、「なにを今さら」という感じでしょう。今の子どもたちが親を「うざい」というのは、「ぼく（私）の気持ちもわからないくせにうるさい」という意味なのではないでしょうか。

忙しい親子ほどオーラによる交流を

「家族がいっしょに食事をすること、会話することが大事です」といえば、外で働いているおかあさんは、「そうは言ってもなかなか時間がないんです」と言うでしょう。

それならせめて、夜は添い寝をすることです。特に子どもが小さいうちは両親のあいだに寝かせ、家族が川の字になって寝るのが一番です。添い寝をすると親子のオーラが融合して、心が通いやすくなるからです。幼いうちから自分だけの個室を与えられても、子どもは決して幸せではありません。

料理を手作りすることや、家族の洗濯ものをていねいにたたむことなども、親のオーラを子に伝えるための格好の手段となります。どんなに忙しい日も、たとえ一品でいいから親の手作りの料理を食卓に並べるよう心がけたいものです。凝ったものでなくていいのです。生野菜を刻んでサラダにするだけでもかまいません。

子どもを思う親のあたたかいオーラがこもった料理は、子どものたましいをすくすくと育てます。いっしょにいる時間が少ない親子ほど、オーラによるコミュニケーションを大切にしたいものです。

家庭は子どもの安全地帯なのに

しかしそもそも、私は疑問に思うのです。なぜ今、こんなにたくさんの家庭が夫婦共働きとなっているのでしょうか。そこから問い直していただきたいのです。「女性は家庭を守るべきだ」と、古いことを言いたいわけではありません。ただ、父親と母親の役割分担というものは、やはりあるはずですし、どんなに世の中が変わろうが、それはとても大事だと思うのです。

生活のために必要ならば、母親が働きに出るのも仕方がないでしょう。母親が社会への使命感を持って仕事をしている場合も、子どもは理解してくれるものです。しかしこのごろ多いのは、自由に使える収入がほしいから、自分を輝かせる場がほしいから、といった理由で働きに出る母親です。

子どもが親のそういう本音を知らないと思ったら大間違いです。子どもは本当に鋭い感受性を持って、親の気持ちを読んでいるのです。

父親もそうです。仕事が忙しいからといって、いっしょに食卓をかこむこともなく、休日も遊んでくれない。子どもたちは寂しい思いをしているのです。そんな子どもに「おまえたちのために働いているんだぞ」などと言っても、それは子どもの望みではありません。

自分の気持ちをわかってくれもせず、勉強や用事ばかり言いつける親。「おまえのため」とくり返す親。子どもはもやもやとした不満や寂しさを「うざい」と表現するしかなくなるのではないでしょうか。

すべての人間関係のもとたる絆は家族関係です。そこに安心できるベースがなければ、子どもは将来、どんな絆も上手に結べなくなってしまいます。

子どもを愛せない未熟な親たち

「振り込め詐欺」が頻発するようになってから、どれくらいたつでしょうか。

あれなども、物質主義的価値観の世の中で、家族の絆が希薄化してきたことの一つの象徴ではないかと思います。絆が強固であれば、なにか一大事があったときには、いの一番に本人が家族に電話するのが普通です。ふだんからコミュニケーションがとれていないから、自分の子どもの声かどうかもわからない。本当に自分の子どもがそんなことをするのかどうかも判断できない。それよりも、「ことなかれ主義」がとっさに出て、つい大金を振り込んでしまうのです。

電話の内容が本当かどうかを考えるより、「臭《くさ》いものにはさっさと蓋《ふた》をしてしまおう」という気持ちが先に立つのは、「とりあえず周囲に知られなければいい」という、これもまた物質主義的価値観の表れです。

戦後、日本人が物質主義的価値観に支配されるようになってから、もう半世紀以上たっています。この価値観に染まった人々は三世代に及び、今はもう、親らしくない親が子どもを育てる危なっかしい時代になってしまいました。

たとえば昨今、自分が生んだ子どもを愛せないという親が非常に増えています。それは、「できちゃったから」「みんなが生んでいるから」という理由で、大人になりきれない大人が子どもを生んでいるからです。

親になる覚悟がないまま出産すると、自分が生んだ子どもをどこかで邪魔に思い、「自分の時間がなくなった。好きに使えるお小遣いもない」と不満を抱えながらの育児となりがちです。そんな自分を内心後ろめたく思っているので、自分を見つめる子どもの冷静な目が怖くなることもあります。いつも責められてる気がしてしまうのです。

子どもを愛せなかったり、虐待をする親が増えている理由の一つは、そういうところにあるのではないでしょうか。

過干渉は無気力な子どもをつくる

このような親子関係では、子どものほうも親を愛せなくなってしまいます。親を「うざい」という子どもは少なくないのです。

「うざい」という言葉は、今や若い人たちには欠かせない便利なキーワードとなっているようです。彼らはボキャブラリーがあまりに少なく、「うざい」以外にはせいぜい「きもい」「きしょい」といった限られた語彙《ごい》だけで、あらゆる感情を表現しようとしています。

「今の子どもはすぐキレる」と言われますが、これには彼らのボキャブラリーの乏しさが大いに関係しているのではないかと思います。自分の思いをわかってもらいたくても、ちゃんとした言葉で言えない。そこでイライラが高じ、キレるしかなくなるわけです。言葉がまだちゃんと発達していない赤ちゃんが癇癪《かんしゃく》を起こすのと非常によく似ています。

言語能力が発達していないのは、先ほど書いたような事情によります。今の家庭では親が忙しすぎて、ゆったりと子どもと向き合う余裕がない。だから、なんでもかんでも先回りしてやってあげてしまう。これが原因なのです。

こういう親の過干渉は、子どもの言語能力の発達を阻害するだけではありません。なにもかもお膳立《ぜんだ》てされ、与えられるばかりで育った子どもは、自分が何をしていいのかわからないし、何が好きなのかもわからない、そんな無気力な大人になってしまうのです。

だから心のなかはいつももやもやしています。自分がしたいこと、好きなこと、いやなこと、いやな理由、なにもかもわからないからです。

するともう自分自身の人生全般が、うざい。世の中も、うざい。彼らにとってうざいのは、親だけではないのです。

地域社会も変質している

家庭だけでなく、地域社会の絆も、いちじるしく希薄化しています。

昔はどの家も鍵《かぎ》などかけず、お互いを信頼し、困ったときにはできる限り助け合ったものでした。小さな子どもやお年寄りの世話にも手を貸し合いました。地域社会は、一つの大きなコミュニティだったのです。

携帯電話が一人一台という今の時代の子どもたちには考えられないことかもしれませんが、私が育った昭和四十年代には、電話のない家がまだけっこうありました。そういううちは、電話のある家にそのつど借りに行ったものです。これを「呼び出し電話」といいました。

よその家に上がって電話をお借りするのは、今の人の感覚では「プライバシーを侵すようでいや」となるかもしれませんが、当時の子どもたちにとっては、マナーや気遣いを身につけるいいチャンスでもあったのではないかと思います。私自身の記憶でも、電話を借りた帰りに、その家でお茶をいただいたりするのは楽しい交流のひとときでした。電話一つにも心通う地域社会の姿があったのです。

しかし日本が豊かになるにつれ、家々が立派になり、守るべき財産も増えて、鍵をかけるようになりました。そのころから、みんなが心の鍵もかけるようになっていきました。

今はどの家も密室化し、隣に誰が住んでいるわからない、なにをしている人なのかわからない、そんな寂しい時代です。ご近所とかかわりを持つのは、騒音、ゴミの問題、ペットの問題など、トラブルのときというのも悲しい話です。

無関心が生んだ悲劇

そんな世相をそのまま反映している事件の一つが、二〇〇六年十月に起きた、戸籍のない二十歳の青年の事件です。二十歳の青年が、ショッピングセンターで幼い女の子にわいせつな行為などをしてつかまったのですが、警察の調べのなかで、彼は生まれてから一度も戸籍を持たず、義務教育も受けずに生きてきたことが明るみに出たのです。

青年の親の話では、出産当時、多額の借金があったから戸籍を届けられなかったということです。お金がないなら行政の相談窓口へ行けばよかったのです。生活保護を受けるという道もあるし、児童福祉の施設にあずかってもらう道もあったのです。もっとも、借金とりが追ってくるのを恐れ、身を潜めて生きていたという事情もあったのでしょう。

しかしもう一つ怪訝《けげん》に思うのは、まわりの人たちです。その青年はふつうに外出はしていたそうですから、近所の人が気づかなかったというのも不思議な話ではないでしょうか。要は無関心だったり、見て見ぬふりをしていたということではないかと思います。

親の無知に、近所の無関心。そのなかで育った青年はとても気の毒です。今回の事件についてはもちろん反省し、償うことが必要です。そのうえで、これからの人生を、ぜひがんばって切り拓いて行ってほしいと思います。苦労は人一倍多くなるはずですが、まだ若いのですから、じゅうぶんやり直しはできるのです。

虐待死は社会全体の責任

ほかにも、近所の人たちの無関心をうかがわせる事件が昨今たくさん起きています。お年寄りなどの孤独死も、幼い子どもたちが親の虐待で亡くなる事件も、みなそうです。

私は最近、こんな質問をよく受けます。

「親に虐待されて死ぬ子どもたちは、そうなるのが必然だったのですか？」

「虐待を受けている子どもたちも、親を選んで生まれてきたというのですか？」

いつも私がテレビ番組や著書で、「子どもは親を選んで生まれてくる」「この世に偶然はなく、すべては必然です」と語っているからそう聞くのだと思います。

そういう質問の裏には「そんなひどい親を選ぶ子どもがいるわけないでしょう?」という私への反論も秘められているのだと思います。しかし私の言葉は変わりません。やはり、すべての子どもが親を選んで生まれてきています。わが子を虐待するほど未熟な人格を持った親を選んだ。それはその子のたましいが決めた「宿命」なのです。

しかし、親が子どもを死に至らしめるまで虐待をエスカレートさせるかどうかは「運命」です。親本人や、親戚など身近なまわりの人たちがどう考え、どう行動するのかによって、その子の「運命」はいくらでも変わってくるのです。

子どもはまた、生まれる地域、国、時代も「宿命」として選んでいます。あたたかい絆がとうに失われた都会的な地域社会、殺伐《さつばつ》とした今という時代も、それを承知のうえで、選んで生まれてきています。

しかし、生まれた地域の人たちが、虐待にまったく無関心を決め込むのか、あるいは手を差しのべて救い出すかどうかは「運命」です。日本という国が、今というこの時代が、虐待の問題にどんな対策を講じるかも「運命」です。

要するにどういうことかというと、虐待されて死ぬところまでは、その子の「宿命」ではなかったということです。虐待死は「必然」などではありません。食い止めるタイミングや方法はいくらでもあったはず。その子の命を助けられなかったのは、親だけでなくまわりの人たち、ひいては社会全体の責任なのです。

子どもに対する虐待は、まるで最近の風潮のように取りざたされていますが、昔から子どもに暴力を振るう酒乱の親などいくらでもいました。今の親が未熟だからというばかりではありません。しかし昔は、そういう子どもをかくまってくれる家が近所にいくらでもあったのです。地域の人たちがこぞって、酒乱の親をいさめてくれることもあったでしょう。そういう社会では、幼い子どもが虐待死するという悲劇はまず起きなかったのではないでしょうか。

子どもは両親のもとにだけ生まれてくるわけではありません。地域社会の子でもあるし、国の子でもあるし、地球の子でもある。すべてのたましいは究極的には一つのまとまりです。子どもはそれらすべての大きな愛を信頼して生まれてくるのです。

しかし最近は、社会全体がそれに応《こた》えられなくなっています。子どもの虐待死は、みんなが反省しなければならない、悔しい悲しい事件ばかりなのです。

三、子どものSOSに気づけるか

「いじめ」は子どもの問題ではない

子どもたちの世界で起きている「いじめ」の問題も、今の子どもが友だち同士の絆をちゃんと築けなくなったことの悲しい表れではないかと思います。大人が人との絆をしっかり結べない世の中ですから、子どもたちがそうなるのも当然でしょう。

子ども同士のけんかというのは昔からありました。あって当然ですし、もともと子どもはけんかをしながら成長していくものです。しかし昨今のいじめはそんな生やさしいものではありません。「切磋琢磨」などと呼べるレベルではないのです。

ここでことわっておきたいのは、いじめが子ども特有の問題だと思ったら大間違いだということです。子どもはつねに大人社会の「鏡」です。「このごろの子どもは変わった」というのはとんでもない誤解。子どもは本来、なにも悪くありません。ただ大人の姿を正直に映し出しているだけです。

つまり、大人の社会にこそ、いじめがはびこっているのです。家庭、地域社会、職場、マスコミ、そしてインターネットの世界。どこを見わたしても、いじめがないところなどないといっていいくらいです。

大人がそんな自分たちをかえりみることもなく、「子どもたちのいじめをなくそう」などと勇ましいスローガンを掲げたところで、それは絶対に不可能です。まずはみずからを反省し、この社会からいじめをなくしていかなければなりません。

これがいじめの問題を考えるうえでの大前提だと私は思います。

親の思い込みということもある

読者のなかには、わが子が今、学校でいじめを受けているのではないかと心配している親御さんもいるでしょう。

そういう親御さんには、まず、いじめの実態が本当にあるかどうかをちゃんと確認してほしいと思います。というのも、いじめなど受けていないのに、親の思い込みでそう見えていることが案外多いからです。

あるていどの年齢になった子どもの場合は、いじめを受けているかどうかの判断が、比較的簡単です。ランドセルが汚れていたり、アザができていたりすれば一目瞭然《りょうぜん》ですし、親にたびたびお金を要求する場合も疑わしいでしょう。

しかし子どもがまだ小さいうちは、そうはっきりとはわかりません。そもそも、小さい子どもの世界には、それほど深刻ないじめはないものです。「うちの子はいじめられている」というケースのほとんどが、親の思い込みなのです。

子どもの個性はいろいろです。一人で遊ぶのが好きな子もいますし、じっと虫を観察するのが一番楽しいという子もいます。それなのに「みんながいっしょに遊んでいるのに、うちの子だけ仲間外れにされて隅っこで虫なんか見てる。これはいじめだわ!」などと早合点してしまう親がけっこういるのです。それは、子どもを保護したいという親の本能の行き過ぎです。または、親自身のトラウマを子どもに投影しているのです。

「寄り添う」時間の大切さ

親の思い込みではなく、実際にわが子がいじめられているとわかったときは、どうしたらいいでしょうか。

まず、してはいけないことを挙げます。

いじめの事実を本人に確認したくて心が急《せ》くのはわかります。しかし「あなた、学校でいじめられているんじゃない？　そうでしょう？　大丈夫なの？　ねえ」などと問い詰めたりしては絶対にいけません。本当に苦しいときは、なかなか「うん」とは答えられないものだからです。親に険しい顔で問い詰められればなおさらです。

ストレートに聞くのは避けて、「最近、学校でなにか変わったことはない？」とか「友だちとはうまくいっている？」などと、さりげなく聞き出そうとする親御さんもいるでしょう。それでも、今まさに悩んでいる最中の子どもは、「ない」と答えることが多いと思います。

いずれにしても、いじめが起きてからいきなり対処しようとしても難しいことが多いのです。たいていの親は、子どもになにか問題が起きてから慌てますが、子どもはその前から少しずつSOSを出していたはずです。

そのSOSを見逃さないために大切なのは、ふだんから子どもと「寄り添う」時間をたっぷりすごすことです。ただいっしょにいて、たわいもないおしゃべりをしたり、ごろ寝してテレビを観て笑ったりするなにげない時間が、家族間の信頼関係を強くしていくのです。

そういうまったりとした時間を無駄だと思うのは、物質主義的価値観にほかなりません。無駄を排除し、なにか目に見えて成果が得られることだけ重んじようとするのは、まさに物質主義的価値観です。家族がとりたてて目的もなく、ただ寄り添っているという時間は、一見「無駄」かもしれませんが、精神面には決して無駄とならない、豊かな時間なのです。

ふだんから「寄り添う」時間を当たり前のように共有している家庭では、子どもはなにか悩みができたときに、「あのね……」と言い出せるものです。親のほうも、子どもがちょっとでもおかしな様子を見せたとき、すぐに察知できるものです。

親がいつも慌ただしく駆けまわり、たまに思い出したときだけ「ねえ、なにか悩みはないの？」と、ぶしつけに子どもに聞くような家庭では、子どもは心を開けません。悩みがあっても、ゆっくり聞いてもらえそうにないと思い、自分の胸にしまいこんでしまいます。

友だち関係にも同じことがいえます。「ねえねえ、あなたの悩みってなに？」とぶしつけに聞いてくるような友だちは、本当に自分のことを思い、自分の悩みをゆっくり聞いてくれようとしているわけではありません。たいてい興味本位か、こちらの返事に続けて自分の悩みを長々と話したいのです。

本当にいい友だち、やさしい友だちは、こちらが大きな悩みを抱えているのを薄々知っていても、なにも聞かずにただいっしょにご飯を食べたり、お茶を飲んだりするだけの、「寄り添う」時間をすごしてくれます。そしてたわいもない会話の流れで、自然にぽろっと出てきたこちらの悩みを、静かに受けとめてくれます。

人の心というものは、「寄り添う」時間のなかでしか、開かないのです。

「学校に行かなくていい」を前提に

わが子がいじめられていると知り、現実的な対処を親子でともに考えるときは、「学校になど行かなくていいんだよ」ということを前提にしてはどうかと思います。学校とは、どうしても行かなくてはならない場所ではないと私は思うからです。

子どもを甘やかそうというのではありません。逃げることを教えようというのでもありません。子どもといっても、あるていどのいじめには逃げずに立ち向かい、乗り越えていくだけの強さが必要です。その経験は子どもを鍛えてくれます。

しかし、今のいじめには、生半可《なまはんか》でないものもたくさんあるのです。一対多ということがほとんどですし、手口も陰湿きわまりない。そんな状況のなかで一人でひたすらがんばり続けることが、その子にとっていい経験になるとは限りません。悔しくても「逃げるが勝ち」という場合もあるのです。

なにしろ今は、社会全体がいじめ社会です。きれいごとや正論を言っても、今すぐよくなるわけではありません。いじめがすでに現実となっているときは、なによりもわが子の身を守ることが先決です。

まずはすみやかに、学校側にいじめの事実を伝えます。このとき大事なのは、客観的に、理性的に、事実を伝えること。感情的になって学校や先生を責めたりしてはいけません。

いじめの事実を伝えても、学校や先生の対応がまったく頼りなければ、親子ともに孤立無援の心境に陥るものです。あるていどまで前向きにがんばったけれど、とうとう「もうここにはいられない」と親子ともに判断せざるを得なくなったときは、がんばり続けなくてもいいのです。その学校へ行くこと自体をやめたほうが明るい未来が待っているかもしれないからです。

子どもにもつねづね言っておくといいと思います。

「おまえがもしも学校でいじめられたら、できれば自分で乗り越える強い子になってほしい。でも、どうしてもつらくなったときは、我慢して学校に行かなくてもいいんだよ。そのときは、どうしたらいいかをいっしょに考えよう」

親のそういう考えをふだんから聞かされている子どもは、現実にいじめられ始めたときにも、心に余裕を持っていられます。

勇気づけの言葉はほどほどに

これとは逆に、子どもに言ってはいけない言葉もあります。「いじめに遭うなんてみっともない」とか、「いじめられるのは、その子が弱いからなんだよ」といった言葉です。

子どもにとって、親の言葉というのは大人が思う以上に重みがあります。このような言葉を日ごろから聞かされていた子どもは、いざ自分がいじめを受け始めたとき、はたして親にその事実を言えるでしょうか。親の言葉を思い出すととても言えず、追い詰められた心境になるのではないかと思います。

わが子が現実にいじめられていることが発覚したら、親はますます慎重に言葉を選ばなければなりません。「おまえ、それで恥ずかしくないのか」「強くなりなさい。一人で乗り越えるんだよ」などと言うのは禁物です。親としては勇気づけたつもりでも、ただでさえ心細くなっている子どもは、見放された気持ちにもなりかねないからです。もちろん、そのひと言で発奮する子どももいるかもしれません。しかしそのひと言で、親にも心を閉ざしてしまう可能性のほうがずっと高いのです。

それよりも、「あまりにもつらくなったら、学校なんて行かなくていいんだよ」という言葉のほうが、子どもにどんなに大きな安心感をもたらすかわかりません。

くり返しますが、「学校に行かなくてもいいんだよ」という言葉は、子どもを甘やかすわけでも、逃避することを教えるのでもありません。「いざ自分がそうなっても、気楽にそう言ってくれる親がいる」という事実が、子どもの「心のお守り」となるのです。

深刻になりすぎてはいけない

当然のことですが、「学校に行かなくてもいい」というのは、「勉強しなくてもいい」ということとはまったく違います。親子でよく話し合った結果、今の学校へはもう行かないと決めたら、ではこれからどうするのか、次の段階について考えなければなりません。

転校するのか、フリースクールなどに通うのか、親に勉強を教わりながら通信教育で学ぶのか。なにか今までの学校に代わる学びの場を用意してあげなければなりません。このように、具体的に別の手立てを考えて現状を打破するのは、いじめからの「卒業」ですが、ただ惰性、妥協で学校に行かないのは「逃げ」にほかなりません。乗り越える努力をすることと、怠けることはまったく違うことだと、しっかり子どもに伝えなくてはいけません。

その上で、「いじめられて学校をやめた」ということで、子どもが挫折感を持たないようにも、親は心を配ってあげる必要があります。

そのために一番大切なのは、親が明るくしていること。決して深刻になりすぎてはいけません。子どもといっしょに泣いたり悲しんだりしては、子どもはますますいたたまれなくなります。子どもの前で、いじめた相手の子や学校の悪口を言うのもいけません。

親はいつだって子どもの太陽であるべきです。いつも大らかに、明るくあたたかく輝いていることが大切なのです。

太陽のような親がいつもそばにいれば、子どもは春の青葉のようにすくすく育ちます。「いじめ」というつらい経験さえ栄養にして、たくましく育っていきます。

親としては、「ここで転校しては受験に響く」「せっかく入れた名門校だからやめさせたくない」といった現実的な思惑もあるでしょう。しかし、その子の人生をトータルで見て、本当の幸せを考えてあげたいものです。

わが家の場合

わが家の次男も、実はちょっとしたいじめに遭ったようです。私がテレビや雑誌などによく出るようになったことの影響だと思います。クラスメイトに「霊なんてものが本当にあるなら見せてみろ」とからかわれていたらしいのです。

妻からその話を聞いた私は、ある日曜の午前、次男とのんびりすごす時間を持ちました。一つのこたつに入り、ただ寄り添ってテレビを観ていたのです。そしてなにげなく、「学校でこういうことがあるんだって?」と聞いてみました。

うん、と小さく答える次男に、私はこう言ったのでした。

「じゃあその子たちに言ってやれ。おとうさんのところにはね、霊の写真とか、霊の声が入ったテープとか、いろいろあるんだよって。なんだったらうちに連れて来い。ただし、『ショックを起こして倒れない自信があればな』とも言っておけよ」と。

別のクラスの子からのいじめはもっと陰湿だったようです。そのクラスでは、複数の子の靴箱に、ある子の悪口を書いた紙が入れられていたらしいのですが、差出人が次男の名前になっていたというのです。筆跡が違うので疑いは晴れたようですが、繊細な性格の次男には、さぞこたえたことだろうと思います。

長男は次男よりあっけらかんとした性格ですが、それでも「おまえんち、金持ちだろう」などとからかわれていやな思いをしていたようです。おそらく一部の週刊誌に書かれた私への批判をその子の親が読んで、家庭で話していたのだろうと思います。

その週刊誌に書かれたことは、事実とかけ離れた、私にとって心外なことばかりでしたが、まして子どもにはなんの罪もありません。本当に胸が痛みます。

しかし私は、子どもたちの前でそのことに過剰に反応したりしません。息子たちには、そのぐらいの試練には勝ち抜いてほしいからです。間違っても「被害者意識」など持ってほしくありません。「しようがないじゃないか、おまえたちは、自分でこの家を選んで生まれてきたんだから」と、いつものように話しています。また、こうも話します。

「でも、お父さんが雑誌で対談したから〝ダース・ベイダー〟からサインをもらえたこともあったじゃないか。マイナスばかりじゃなく、プラスがあることも理解しないといけないよ」と。どんなことにも闇があれば、その分、光がある。そうした両面を話したうえで、「今の学校がどうしてもいやだったら別の学校に行けばいいんだから、無理して行くことはないよ」という話もしています。

また、「意地悪をする子っていうのは、決して幸せじゃないんだ。おまえたちをいじめる子も、寂しい、かわいそうな子たちなんだから、憎んだりしてはいけないよ」とも話しています。

意地悪というのは、幸せでない人、「愛の電池」の不足した人が起こす、誤作動の一つなのです。幸せな人、満たされた人は、決して意地悪はしません。それは大人も子どもも同じです。

子どもがいじめをしていたら

次に、いじめをするほうの子どもについてです。

いじめをするといっても、年齢によります。まだ幼い「いじめっ子」は、単にエネルギーがありあまっている元気な子が大半で、多くは年齢とともに落ち着いていきます。

問題は、就学後にいじめをする子です。そういう子どものほとんどは、先ほど書いたように、「愛の電池」が不足した、かわいそうな子どもたちです。心に寂しさを抱えているのです。

原因はたいてい家庭にあります。家でのしつけが必要以上に厳しかったり、逆に親にかまってもらえないなどの現実があり、ストレスと孤独感を抱えている。その鬱憤《うっぷん》を、いじめというかたちで発散しているのです。

ですから、自分の子どもがいじめをしていると気づいたときは、親がどれだけ変われるかが鍵となります。そこまで子どもに寂しい思いをさせていたということは、親子のあたたかいコミュニケーションが決定的に欠けていたはずで、その責任はやはり親にあるからです。

問題が起きてからコミュニケーションをとり戻すのは簡単ではありませんが、それでも遅すぎることはありません。しっかり子どもと向き合い、「おまえを愛しているんだよ」ということを伝えます。そのうえで、いじめは罪だということを教えたり、親子関係を根本から見つめ直すための話し合いを持つのです。

親自身の内観もぜひ必要です。今まで子どもに無関心すぎなかったか、親の我欲を押しつけていなかったか、間違った愛情の示し方をしていなかったか、その子の個性を抑圧していなかったかどうか、あれこれと反省してみる必要があります。

親子関係修復のチャンスを逃さない

反省した結果、見えてきたことについては、子どもに言葉で伝えることです。謝らなければならないと思ったら、素直に謝るべきです。

「今さら」と、子どもは聞く耳を持たないかもしれません。それでも本当に子どもを愛しているならば、親はつまらないプライドを捨てて、誠心誠意、語りかけることです。

この期《ご》に及んで「わが家は塾や仕事にみんな忙しくて、そんな時間はない」などと言ってはいけません。ほかの子をいじめなければならないほど、わが子に寂しい思いをさせていたのです。そこから来る親子関係の歪《ひず》みを、わが子が行動で表現している。ここは親子関係を見つめ直し、絆を修復するためのいいチャンスを子どもがくれたのだと、感謝の気持ちで受けとめなければなりません。

そんなときに「忙しくて」と思うのは、子どもへの愛と感謝が足りない証拠です。親子の絆を修復すること以上に急を要する塾や仕事などあるでしょうか。

親子で向き合う時間をつくるためなら、子どもの塾も思いきってしばらく休ませることです。親のほうも、そのあいだ仕事に身が入らなくなるかもしれません。しかし受験や出世は二の次です。それらにこだわる物質主義的価値観をどこまで捨てられるかも、親子の絆をしっかり結び直せるかどうかの重要な鍵を握っています。

ただ、子どもがいじめをしていると気づけた親は、それだけでもましだといえるかもしれません。親子の絆を修復できる見込みは大いにありといえるでしょう。

なぜなら、私が今まで見てきたところ、いじめをしている子どもの家庭は、子どもを野放しにしていることが多いからです。口うるさく干渉はしても、子どもの気持ちには無関心という親も少なくありません。

そういう親は、子どもが学校でいじめをしていても、よほど大ごとになるまで気がつきません。先生などに言われて初めて気がつくことが多いのです。そういう寂しい家庭環境がなければ、そもそもその子はいじめになど走らないのです。

家庭内暴力は予防できるか

最近増えている「引きこもり」の子どもたちのなかには、家庭内で親やきょうだいに暴力をふるう子もいます。これを予防するのも、やはり「寄り添う時間」を大切にする生活です。

もう一つ、望ましいのは、わが子になんらかの「表現方法」を持たせておくことです。これは、今のところ問題がないという子にもおすすめです。

先述のように、今の子どもたちはボキャブラリーが貧困です。だから自分のもやもやした思いをうまく表現できず、代わりにキレてしまうのです。

キレないようにするには、肉体面では、いい食べものをバランスよく食べさせること。そして精神面では、自分の感情や情熱をのびのびと表現するための手段を、ふだんから持たせておくことが大事なのです。

スポーツでもいいし、音楽でもいい。絵を描くことや、踊りをおどることが向いている子もいます。その子の個性に合ったもの、続けられるもの、好きなものが一番いいでしょう。

ただし、それがパソコンであってはいけません。ブログやインターネットの掲示板への書き込みなどをするのは、私のいう表現方法には入らないのです。ブログといっても、自己誇示したいがために書いている客観性を欠いたものが多く見受けられます。自浄作用をもたないブログは、「表現」とはいえないと思います。また、インターネットで匿名のコミュニケーションばかりしているとカルマになります。エドガー・ケイシーは「闘牛を見て喜ぶだけでもカルマになる」といっていますが、それと同じで、インターネットなどに書かれている悪意に満ちた中傷を見るだけでもカルマになるのです。

そうした理由からも、まだものごとの分別がつかない子どもにパソコンをやらせることには、賛成しかねるのです。パソコンは、その使い方によってはキレる子をつくります。思考回路がデジタルになり、人間的感性を惑わせるからです。そのうち、犯罪に走る子どもの「三種の神器」になるのではないかと思うくらい、私は子どものパソコン使用に対して危惧を抱いているのです。

父親が立ち向かわなければならない

子どもの家庭内暴力が、現に始まってしまっている場合は、どうしたらいいのでしょう。

ここで重要な役割を持つのが、一家の主たる父親です。

私がこれまで見てきた限り、家庭内暴力を起こす子どもは、両親が不仲の家に圧倒的に多いようです。父親が家によりつかず、不在がちというような家です。

しかし、子どもがいざ家で暴力をふるい始めたら、その父親の出番です。女性である母親に暴力をふるうことは、卑怯《ひきょう》な弱い者いじめであることを、父親が子どもに徹底して教え込まなければなりません。ときにはわが身を挺《てい》してでも、子どもに立ち向かう覚悟が必要です。

母親は女性であって、レディなのだから、守られなければならないという感覚を、日本人は子どもにあまり教えません。でもこのことは、特に男の子には、小さいうちから教えるべきだと思います。母親には、女性をけなすような言葉を言ってはいけない。母親への暴力は絶対にいけない。小さい子どものキックやパンチは、痛くもない、かわいいものですが、それでも早くから「それはだめ」と叩き込んでおくべきでしょう。

わが家はずっとそれを心がけてきたので、息子たちは母親の荷物をよく持とうとします。たまに母親とけんかをすると、暴言を吐いたりもしていますが、そのつど私が注意します。

ときには息子たちも「どうして女の人ばかり」と不満げになります。すると私は、「女の人は、いくら性格が強くても、体力的にはずっと男より弱いから、男が守らなければならないんだ。逆に女の人は、口が達者すぎるから、男の人にあまりぐちゃぐちゃ言ってはいけない。そこをお互いに気遣うことを平等というんだよ」と話すのです。

ときには敢えて突き放す愛も必要

父親が子どもの家庭内暴力に立ち向かうには、まず母親が、暴力を受けている事実を父親に言わなければなりません。当たり前なことのようですが、世の中には父親に内緒にしている母親もけっこういるのです。「おまえの教育が悪い」と言われることを恐れるからです。しかし、教育を母親まかせにしている父親のほうがおかしいのです。

父親はとことん子どもと闘うべきです。とっ組み合ってけんかしなさいというのではありません。日夜、とことん議論するのです。親子といっても一つの人間関係です。深刻な状況であればあるほど素になって、人間同士、意見をぶつけ合うことが大切です。

その際、カウンセラーなどに相談したり、体験者の話を聞いたり、専門書にヒントを求めることは一つの助けにはなると思います。しかし、学説や理屈だけではどうにもならないこともあるということを、ぜひ心しておきたいもの。料理のレシピのように、一にこうして、二にこうすれば出来上がり、というわけにはいきません。

親子がお互い素になって、ぶつかり合い、葛藤するなかで光を見出《みいだ》していくことにまさる解決策はないのです。

親子で話し合ううち、情が湧いてきて、「まだ子どもだから大目に見よう」という気持ちになったり、世間体を気にして暴力の事実を隠蔽《いんぺい》しようという気持ちが芽生えることもあるかもしれませんが、それはいけません。「おまえがしたことは暴力だ。それは許されることではない」とはっきり自覚させること。そうでなければ本人の今後のためになりません。

親子でとことんぶつかり合った結果、警察につき出すしかないと思ったら、恥も外聞もかき捨ててそうする勇気を持つことです。恥ずかしいと思うのは、自分や家族の体裁を守りたいという小我なのです。本当に子どもを愛しているなら、敢えて突き放す覚悟が必要です。

こうして家族がその絆をとり戻していくケースは実際少なくありませんが、世間には、母親に家庭内暴力の事実を知らされても、どこか他人事で、なにも対策を考えようとしない父親もいます。それこそ、まさに大問題です。

そういう家は、子どもだけでなく、家庭全体が病んでいるのです。子どもが暴力という形でしか自分を表現できないのは、家庭内の絆が希薄で、「どうせ何を言ってもわかってくれない」とあきらめているからではないでしょうか。

もちろん暴力そのものは決してよいことではありません。しかし、自分の気持ちを表現したいという思いは無視できないと思います。崩壊しかけている家族の絆を、見つめ直し、修復するきっかけを、子どもがわが身をもって提示してくれているのかもしれません。

四、「便利」は本当に必要か

「インスタント脳」と「マニュアル脳」

本章で見てきたように、日本が経済的に豊かになったことで失ったものは数えきれません。

では逆に、もたらされたものはなんでしょう。いうまでもなく経済的繁栄です。もっとも、バブル崩壊もありましたし、今は格差社会という問題も取りざたされていますが、戦後まもないころのような物質面での貧しさは、もはや遠い昔となりました。

しかしそこにとんでもない副産物がついてきました。それは、私がいつも、今日のあらゆる問題の元凶だと主張している物質主義的価値観です。

そしてもう一つ、「インスタント脳」「マニュアル脳」とも呼ぶべき、人間の思考回路の変化があります。これも経済の繁栄が生み出した恐ろしい副産物です。

ボタン一つで機械がなんでもやってくれる。たった三分で出来上がり。そんな便利な道具が身のまわりに増えるにしたがい、人間の思考回路は、知らず知らずに危ない方向に向かいつつあります。自分の頭でじっくり考える、分析するという作業をしなくなったのです。ボタン一つで機械がなんでもやってくれる時代には、考えることなど面倒だからです。

三分で出来上がりという便利さに慣れてしまうと、待つことも面倒になります。想像をふくらませながら待つことの喜びや、プロセスを味わうことの楽しさもわからなくなります。とにかくすぐに結果が出るのが当たり前。すぐに出なければ、イライラしてキレそうになります。これが「インスタント脳」です。

ゲームやパソコンの世界のように、いやになったらすぐにリセットすればいいと考える「リセット脳」も、「インスタント脳」の仲間かもしれません。

こうして自分で考える習慣を失うと、いざなにかしなければならないときに、途方に暮れてしまいます。やり方がわからないし、考えるくせも身についていないからです。そこで、マニュアルをひたすらたよりにします。マニュアルから外れた創意工夫など思いもつきません。これが「マニュアル脳」です。

私たち日本人は、便利なものを、あまりに無条件に受け容れすぎてきたのではないでしょうか。戦後GHQがやってきたときのように、物質的繁栄と便利さに対しても、ギブミー、ギブミー、サンキュー、サンキューをただくり返してきた。その結果が今の世の中ではないかと思うのです。

魔法を求めて来る相談者

「インスタント脳」や「マニュアル脳」は、たとえばこんなふうに表れます。

スピリチュアル・カウンセリングをしていたころ、こんな相談者がいました。

病気の子どもについて相談に来たおかあさんでした。霊視をすると、その子の病気は肉体の問題というより、家庭環境から来る精神的ストレスに起因しているようでした。そのことを私は伝え、ご家庭のこんなところを見直してはどうか、ああいう点も改めてはどうかとアドバイスしたのです。

二、三日後に、そのおかあさんから電話が来ました。「先生がおっしゃるとおりにしても、うちの子は全然よくなりません」

私はカチンと来てこう言いました。

「あなたは私に魔法を求めて来たんですか？　お子さんが今の病気になるには、長年の精神的・肉体的な無理の積み重ねがあったんです。お医者さんだって、病気を治すには、病気になってからと同じだけの年数をかけなさいってよく言うでしょう。それを二、三日で治そうと思う、おかあさんのその考え方がまず問題です。そんなふうだからお子さんは病気になったんじゃないでしょうか」

厳しかったかもしれませんが、私は、このおかあさんにこそ変わってほしかったのです。それなのに、私の言ったことをマニュアルのようになぞりさえすれば、あっというまに子どもの病気が治るとでも思ってしまったようです。その依存心とインスタントな思考回路が、一番の問題だったのです。

長年のカウンセリング経験のなかで、私に魔法を求めて来た相談者は、このおかあさんばかりではありませんでした。

お金儲《もう》けをしたい。モデルになりたい。彼にふり向いてほしい。先生の力でなんとか……というのです。「インスタント脳」を持った大人に困り果てたことは何度もありました。私が個人カウンセリングを長いこと休止しているのは、度重なるこうした落胆のためでもあるのです。

思考や分析をしない人が多すぎる

次のようなことも日常茶飯事です。

私はときどき、雑誌などで水晶などのパワーストーンについて書くことがあります。内容は、石に宿る鉱物霊には霊的パワーがあって、持ち主の波長を補強してくれるといったようなことです。記事にはたいていこんな注意を添えておきます。「ただし水晶などのパワーストーンは、あくまでもサプリメントにすぎません。依存するのは間違いです。大事なのは自分自身が波長を高くして生きること。そしてみずから行動し、努力することです。石を持つだけで幸せになれるわけではありません」と。当たり前のことですが、万全を期して、念のために、という気持ちでこういうことも書いておくわけです。

それでも読者から「水晶を持っているのに彼氏ができません」といった苦情が、編集部に少なからず寄せられるようなのです。こういう読者も、インスタントな魔法を求めて私の記事を読んでいるのでしょうか。「スピリチュアル」を、お手軽に幸せをつかむためのマニュアルと勘違いしているのでしょうか。

水晶を持っただけですぐに彼氏ができるとか、幸せになれるとは一言も書いていないはずです。具体的に行動し、努力するのは本人です。それに、今すぐ彼氏ができることがその人の人生のカリキュラムから見てベストなのかどうかという、別の問題もあります。

そうしたことは、私のすべての著書を読み、トータルで理解していただきたいのですが、活字をじっくり読まない「インスタント脳」の人たちですからそうもいかないのでしょう。ただ都合のいい部分だけを読み、都合のいいように解釈するのです。

努力もせずにマニュアルで「幸せ」を得ようとする安直な心。それで幸せを得られるのが当然と思う傲慢な心。得られなければ誰かを責める依存心。

そういう困った人たちが増えた責任まで、昨今の「スピリチュアル・ブーム」の火つけ役とされている私に問われるのは、正直なところ、実に心外なのです。

最近の新聞やニュースを見ていても、「インスタント脳」「マニュアル脳」が引き起こす事件ばかりが目につきます。

詐欺事件などは特にそうで、加害者ばかりでなく、被害者のほうの「インスタント脳」「マニュアル脳」が原因となっているものも少なくありません。「冷静に考えてみれば、そんなうまい話はありえない」というようなことに、簡単にだまされてしまっているのです。今の日本人が、自己責任において分析や思考ということをしなくなったことの表れです。

「取捨選択」が今の世の中を変える鍵

便利さが生んだ「インスタント脳」と「マニュアル脳」。これは時代そのものの産物ですから、まったく染まらずにいられる人はいません。多かれ少なかれ、誰もが知らないうちに洗脳されていると思います。

いったい私たちはどうしたらいいのでしょうか。

便利でない昔に戻ったらいいのでしょうか。

それは、よほどのことがない限り不可能でしょう。高速で回転しているこの便利な世の中を、いきなり止めるわけにはいきません。

では、このまま行きつくところまで突き進んで、戦争なり天災なり、涙であがなわなければならない事態を待つというのでしょうか。

それは絶対に避けたいものです。

ではどうするか。

私は「取捨選択」が鍵を握っていると思います。

なんでもかんでも「便利」でさえあればありがたがる生き方を問い直し、本当に必要なもの、必要でないものをしっかり分けるのです。

私は便利なもの自体を否定するわけではありません。しかしあくまでも使う主体は人間です。使うかどうかを選ぶのも人間です。いかに便利なものでも、全員が使わなければならないわけではありません。私たち全員が「使わない自由」を持っているのです。

それなのに新製品が出ると、「遅れるな」とばかり、一斉に買いに走る人が多いのはなぜなのか。それは、人との比較によって自分の幸せ、わが家の幸せをはかっているからです。「あの子が持っているのに、私が買えないのはみじめ」「近所のどの家にもあるのに、うちにないのは恥ずかしい」。そういう価値基準で生きているからです。

第3章に書いた遠泳のたとえでいえば、今の日本人の多くは、いっしょに泳いでいる人たちとの位置関係ばかり気にして生きているということです。ほかと比べて遅れていないか。先を行きすぎて目立っていないか。そんな他人との相対的な位置関係から、自分の幸せ度をはかろうとしているのです。

そうした人生観からは、本当の幸福は生まれません。

オリジナルな幸せを満喫する人生

本当の幸福感とは、ほかとの比較など一切関係ない、どしりと安定した絶対的なものです。まずは一度、自分の幸せとはなにか、わが家の幸せとはなにかを、改めて問い直してみてはいかがでしょうか。どの人、どの家にもオリジナルの幸せがあるはずです。幸せのかたちは一つではありません。「これ」と思い当たるものがなければ、内観して探ってみたり、みんなで話し合ってみるのもいいでしょう。

そのうえで、今の暮らし全般を徹底的に見直し、改めて「取捨選択」を行ってみるのです。自分の幸せ、わが家の幸せをつかむため、守るために、要るものはなにか。要らないものはなにか。

要るものと要らないものを分ける基準はあくまでも自分自身、そして「わが家」

のなかにあります。他人の意見も、世間の常識も、時代の流行も、マスコミによる情報も、まったく関係ないのです。

このような心構えで「取捨選択」をしていってください。

たとえば、「わが家はみんなで旅行するときが一番幸せだね」ということがわかったら、旅行のための貯金を最優先させ、その分、外食やゲームの購入といった出費を減らす。

「わが家は田舎暮らしに幸せを求めましょう」とみんなで決めたら、街での便利な暮らしを放棄する勇気を持つ。子どもを都会の私立校に通わせることも考えない。

「私はやりたい仕事に就くために絶対に留学する」と決めたシングルの女性なら、ブランドものを買ったり、グルメを楽しむことをしばらく我慢する。

「ぼくにとっては家族とすごしたり、好きな釣りをする時間が一番大切」とわかった一家のお父さんなら、「その時間を確保するために、会社での出世は求めません」と宣言するのもいいと思います。

あれもこれも求める生き方は、きりがなく、苦しいものです。

これは大事で、あれは要らない。そう取捨選択する生き方は、潔く、さわやかなものです。

自分の幸せ、わが家の幸せを唯一の価値基準として「取捨選択」して生き始めると、心に平和が訪れます。それまでは、必要のないものまでやみくもに追い求め、必要のないものにふりまわされて、いたずらに疲労を重ねる人生だったかもしれませんが、「選択」後はそういう無駄はなくなるからです。金銭面でも無駄な出費はなくなり、地球環境にとってもいいことが多いでしょう。

自分の価値観で選びとったものを最大限に味わい、とことん楽しむ「一点豪華主義」的な生き方。これこそが心の贅沢《ぜいたく》であり、たましいの贅沢なのです。

人との絆は永遠に失われない

今の生活からすべての無駄を削《そ》ぎ落としたとき、そこに浮かび上がってくるのは、大切な人との絆ではないでしょうか。

「自分にはあれもない、これも足りない」と物質的なものばかり追い求めて生きていたけれど、実は、数えきれない大切な絆にかこまれていて、それこそが自分を生かしてくれる原動力だったのだと、改めて気づくのではないでしょうか。

すべてのモノやお金を失っても、そこに残されるのは人との絆です。

絆は、目には見えない財産です。

絆は、心を育ててくれる栄養なのです。

人は一人で生まれ、この世でさまざまな人と出会い、別れ、いつかまた一人であの世へ帰っていきます。

このときあの世へ持ち帰れるのは、この世で得たすべての経験と感動。そして、みずからの人生を通りすぎていったたくさんの人たちとのあたたかい絆です。

絆とは、死さえも超えてたましいに刻まれる、永遠の宝ものなのです。

あとがき

本書を読みながら、みなさんは、現在まわりにいる人たちや、今までの人生のなかでかかわり合った人たちのことを、いろいろと思い浮かべたことでしょう。そして、たとえ苦手な相手であっても、その絆には深い意味と学びがあるということを理解していただけたことと思います。

また、「絆」というものは、この世に生きている人たちばかりでなく、あの世のたましいとのあいだにも存在するのだということも、本書において書きたかったことの一つです。今は亡き、あなたにとって大切な人のたましいや、あなた自身の守護霊、そして憑依霊でさえ、あなたとともに学び合っている仲間なのです。

最終章では、そうした「絆」が、戦後の物質主義的価値観のなかで変質してきていることへの危機感についても書きました。

それでも人は、人とのかかわり合いのなかで学んでいます。人間の絆なくして、私たちは成長できないのです。

とりわけ私たちの人生のなかで重要な役割を果たす人物が「ソウルメイト」です。

第2章の最後に、私自身のソウルメイトについて書きました。

つらい思い出ではありますが、私が十八歳のとき声楽の道をあきらめさせた先生も、そして三十をすぎて出会った先生――どちらも私の大切なソウルメイトです。

十八のときの先生のことも恨んでなどいません。「あのとき別の先生に出会っていたら、もっと早く舞台に立てたのに」とも思いません。あのときの先生の言葉は、当時はつらく感じても、人生をトータルで見れば、私に必要な言葉だったと思うからです。そう思うと、ただ感謝だけが湧いてくるのです。

人との出会いは、人生を豊かにし、たましいを成長させてくれるだけではありません。このように、人生がある方向へ導かれていく大きなきっかけを与えてくれることがあるのです。

本書はそんな私自身の実感も込めて書きました。

みなさんも、出会いの大海原にどんどん漕ぎ出して、二度とないこの人生の航海を、よりいっそう充実させてください。

江原啓之（えはら　ひろゆき）

1964年12月生まれ。スピリチュアリスト。一般財団法人日本スピリチュアリズム協会代表理事。1989年にスピリチュアリズム研究所を設立。また、オペラ歌手としても活躍しており、二期会会員。主な著書に『自分の家をパワースポットに変える最強のルール46』『あなたが輝くオーラ旅　33の法則』（小学館）など多数。

江原啓之公式ホームページ
http://www.ehara-hiroyuki.com/guest/index.php

巻末付録

あなたをとり巻く「絆」チェック表の使い方

あなたはたくさんの人とかかわりながら生きています。

幸せな関係、不幸な関係……さまざまあるでしょう。ただ、その関係においてなにか問題があるとしても、相手に問題があるとは限りません。あなたに原因があることもあるでしょうし、お互いの努力で絆のありようを変えていけることもあるでしょう。

家族、友人、仕事の仲間……この表には限られたスペースしかありませんが、拡大コピーをした上で、できる限りあなたと絆をもつ人々をここに書き出してみましょう。

中心にはもちろんあなた自身を書き込みます。静かに内観し、自分の性格を客観的に書き出します。そして、思いグセ、たとえば「つらいことがあると人のせいと考えやすい」「自分に対して常に自信をもてない」などと書いていきます。

さらに、絆をもつ人々ひとりひとりの基本性格と思いグセを客観的に分析して書いてみてください。

さらにあなたとその人を結ぶ絆部分に、現在のおふたりの間の絆のありよう——たとえば「いい話があるときだけ連絡する仲」「仲よくしたいが、ある程度距離をおいている」などを書きます。

そして、関係の改善点を書いていきましょう。それは、上の「絆のありよう」を注意深く見つめ、その理由を考えていくといろいろ鮮明に見えてくるはずです。さらにその絆を幸せなものにするために、あるいは強いものにするために、なにが必要か……。

とはいえ、すべての絆を強くする必要はありません。もし、分析した結果、改善方法がどうしても見つけられないなら、整理する関係があってもいいでしょう。それでも必ず、一度その人と築いた絆と、絆をもってくれたその人について、感謝の気持ちを忘れないでください。

巻末付録

あなたをとり巻く「絆」チェック表

さん

基本性格

思いグセ

絆のありよう

関係の改善点

さん

基本性格

思いグセ

絆のありよう

関係の改善点

さん

基本性格

思いグセ

絆のありよう

関係の改善点

さん

基本性格

思いグセ

絆のありよう

関係の改善点

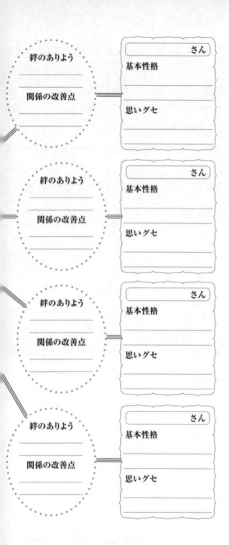

さん

基本性格

思いグセ

絆のありよう

関係の改善点

あなた

基本性格

思いグセ

さん

基本性格

思いグセ

絆のありよう

関係の改善点

さん

基本性格

思いグセ

絆のありよう

関係の改善点

絆のありよう

関係の改善点

さん

基本性格

思いグセ

絆のありよう

関係の改善点

さん

基本性格

思いグセ

―本書のプロフィール―

本書は、二〇〇七年六月に単行本として刊行されたものに改稿を加えたものです。

小学館文庫

人間《にんげん》の絆《きずな》

ソウルメイトをさがして

著者　江原啓之《えはらひろゆき》

二〇一八年三月十一日　初版第一刷発行

発行人　鈴木崇司
発行所　株式会社 小学館
〒一〇一-八〇〇一
東京都千代田区一ツ橋二-三-一
電話　編集〇三-三二三〇-五五八五
販売〇三-五二八一-三五五五
印刷所――――大日本印刷株式会社

ISBN978-4-09-406501-5